青少年财智故事汇
CAIZHI GUSHIHUI

韩祥平 编著

影响青少年
一生的品德故事

北京出版集团
北京出版社

图书在版编目(CIP)数据

影响青少年一生的品德故事／韩祥平编著．— 北京：北京出版社，2014.1
（青少年财智故事汇）
ISBN 978-7-200-10305-2

Ⅰ．①影… Ⅱ．①韩… Ⅲ．①故事—作品集—世界 Ⅳ．①I14

中国版本图书馆 CIP 数据核字（2013）第 282104 号

青少年财智故事汇
影响青少年一生的品德故事
YINGXIANG QING-SHAONIAN YISHENG DE PINDE GUSHI
韩祥平　编著

*

北　京　出　版　集　团
北　京　出　版　社　出版
（北京北三环中路 6 号）
邮政编码：100120

网　　址：www．bph．com．cn
北 京 出 版 集 团 总 发 行
新　华　书　店　经　销
三河市同力彩印有限公司印刷

*

787 毫米×1092 毫米　16 开本　12 印张　170 千字
2014 年 1 月第 1 版　2023 年 2 月第 4 次印刷
ISBN 978-7-200-10305-2
定价：32.00 元
如有印装质量问题，由本社负责调换
质量监督电话：010-58572393
责任编辑电话：010-58572775

前　言

苏珊向来为人诚实正直。从前她一直没有仔细考虑过这条黄金准则——"倘若你想人家怎样待你，你就应以那样的方式对待人家。"她越想就越觉得自己没能随时随刻恪守这条准则。最终，她只能向妈妈请教这一准则的含义。

妈妈说："它首先意味着要摒弃任何私心。一个爱邻居胜于爱自己的人是不会将不愿发生在自己身上的事强加给邻居的。我们不仅不能去做那些事，我们对待别人的态度也要和我们希望别人如何对待我们的态度一致。记住，抵制住折磨我们的诱惑要比指责别人的过错困难得多。"

"有的人可能非常诚实，却很自私。因此，这条准则的含义不仅仅是诚实而已。除了正直，它还要求我们必须善良。那个好撒尔利人的故事恰好充分地解释了它的含义。故事里的那个人经过一个受伤的人，却对他视而不见，不向他提供任何帮助。那人或许非常诚实，却不愿为可怜的陌生人做一点力所能及的事情。"

苏珊仔仔细细地思考着妈妈所说的话。当她回想自己从前的行为时，她的脸涨红了，双眼里流露出惭愧的神色，自己过去的很多自私以及不友好的小举动一下子浮现在她的脑海里。她决定，今后不管遇上任何事情，都要牢记用黄金准则去处理。

不久以后，一个考验苏珊的机会出现了。农场主汤普森的小店里有很多寄宿的人，苏珊的妈妈每周都给他们代洗衣物，报酬仅五美元。一个周六晚上，苏珊像往常一样去那儿替妈妈领钱。她在马厩里遇到这位农场主。

显然他正处于气头上，那些总和他讨价还价的马贩子激怒了他，令他火冒三丈。他手里的钱包打开了，被钞票塞得鼓鼓的。当苏珊向他要钱时，他没有像从前那样训斥她，说她打扰了正在忙碌的他，而是马上将一张钞票递给了她。

苏珊暗暗高兴自己能这么轻易地逃过一关，她急忙走出马厩。到了路上，她停下来，拿针将钱小心翼翼地别在围巾的褶皱里。这时她看到汤普森给了她两张钞票，而不是一张。她往四周望了望，发现附近没有人看到她。她的第一反应是为得到了这笔飞来横财而兴奋不已。

"这全是我的了。"她心想，"我要买一件新的斗篷送给妈妈，妈妈就能把她那件旧的给玛丽姐姐了。这样，明年冬天玛丽就能同我一块儿去上学了。说不定还可以给弟弟汤姆买双新鞋呢。"

过了一阵子，她又认为这笔钱一定是汤普森在给她时拿错了，她没有权利使用它。正当她这样想时，一个充满诱惑的声音说："这是他给你的，你又怎么知道他不是想要把它作为礼物送给你呢？拿去吧，他绝对不会知道的。就算是他弄错了，他那大钱包里有那么多张5元钞票，他也绝不会注意到的。"

她一边往家走，一边进行着激烈的思想斗争。她一路上都在思考着是拿这笔钱买享受重要呢，还是诚实重要。

当她经过家门前那座小桥时，她看到了她与妈妈说话时坐的那把满是斑斑锈迹的椅子。她的耳边立刻响起了黄金准则："你想要人家怎样对你，你就得怎样对人。"

苏珊猛地转过身，向回跑去。她跑得很快，快得让她差点儿连气都喘不过来了，仿佛是在逃离什么无形的危险。就这样，她径直跑回了农场主汤普森的店门口。那个粗鲁的老

前　言

人见她又一次出现在他面前，忍不住惊讶地问："你这回又有什么事呢？"

"先生，你给我的钞票不是一张，而是两张。"苏珊一边颤抖，一边回答。"什么？两张？我看看，的确是两张。难道你刚刚发现吗？为何不早点把它送回来？"苏珊脸红了，她低下头，没有回答。

"我猜，你是想留下它自己用吧。"汤普森说，"唉，幸好你妈妈比你诚实，否则我可要白白丢掉5美元了。"

"我妈妈完全不知道有这回事。"苏珊说，"我在到家之前就把钱送回来了。"老人注视着眼前这个小女孩，当他看到一颗颗泪珠顺着孩子的脸颊滚落下来时，被她的难受触动了。老人从口袋里取出一先令递给了苏珊。

"不，谢谢您，先生。"苏珊抽泣着说，"我不能仅仅因为做了件正确的事就得到报酬。我唯一希望的是，您不要把我看成是一个不诚实的人，因为那对我来说的确是个巨大的诱惑。先生，如果您曾看到过自己最爱的人连寻常的生活用品都买不起的话，您就能知道，要时刻做到对待别人就像希望别人如何对待自己一样，对我们来说是多么的困难。"

此时，这个一向自私的老人也深受感动。他对苏珊道了晚安，接着回到了屋子里。他喃喃自语道："这世上有些人虽然年纪小，但非常明白事理。"老人也为自己的所为感到羞愧。苏珊如释重负地回到了她那简陋的家中。后来，她成了一个有益于社会的人。在她的一生中，她从没有忘记过她是如何抵制住那次诱惑的。

小苏珊以自己的美德给农场主汤普森上了一堂人生课，同时也给我们敲响了警钟：人类的美德不可丢。

达·芬奇说："人的美德的荣誉比他的财富的荣誉不知大多少倍。"美德是一杯香茗，是一杯美酒，是一朵芳香四溢的鲜花。美德可以让心灵变得愉悦而坚定，心灵被美德占据，一切污秽和邪恶便失去了生存的空间，生命也将永远不会枯萎。生活中，人们推崇自制、善良等基本品质，因为它们都称之为美德。这些美德，在人类发展的历史长河中，始终散发着熠熠的光芒，在灵魂与意识之上给我们以观照和激励。正因为有了对美德的盼望，我们探索的脚步才时刻充满力量；正因为有了美德的滋润，我们才永葆希望之源的常青；正因为有了美德的牵引，我们才会在沧桑与风雨的日子里不偏离前进的信念和航向；正因为有了美德的积淀，生命才变得如山一样不屈，如海一样博大……

青少年时期是塑造人生品德的关键阶段，学会在成长的岁月中撒下一颗颗"美德的种子"，有一天，当种子长成参天大树并为你带来丰硕的果实时，你便能够尝到人生的美妙和甘甜。

目　　录

第一章　信誉是最宝贵的财富 / 1

　　陈策追骡 / 2
　　樵夫的斧子 / 4
　　真理遭遇谎言 / 6
　　谎言终究会被揭穿 / 8
　　高山流水之约 / 11
　　从不食言的莱古勒斯 / 14
　　有人从天上看到你了 / 16
　　诚信是永恒的人性之美 / 17
　　做正确的事 / 20
　　桃李不言，下自成蹊 / 22

第二章　对自己的行为负责 / 25

　　少年富兰克林 / 26
　　箱子里全是碎玻璃 / 29
　　如此愚蠢的夫妻 / 31
　　阿尔福雷德大帝和烧焦的蛋糕 / 33
　　达摩克利斯之剑 / 35
　　对自己的行为负责 / 37

第三章　真正的仁慈 / 39

　　全世界最幸福的人 / 40

失败者的荣誉 / 43
真正的仁慈 / 45
战地天使 / 47
奴隶与狮子 / 49
善行填满贫瘠的心灵 / 51
带去缕缕阳光 / 53

第四章　谦虚使人进步 / 55

范蠡功成身退 / 56
谦虚才能达到更高境界 / 58
夸富导致破产的沈万三秀 / 61
苏东坡显才被贬谪 / 63
恃才自傲反被聪明误 / 66

第五章　宽容是最绅士的报复 / 69

宽容是一种风度 / 70
最绅士的报复 / 72
杰克的尴尬 / 74
宽容赢得友谊 / 76
宽容打开爱的大门 / 79
气量是一种修养 / 81

第六章　忠诚，我们的立身之本 / 85

我在你身边 / 86
忠诚，我们的立身之本 / 88
好狗贝克的忠诚 / 90
花花公子的改变 / 94
忠诚是一种风骨 / 97
任期16天的执政官 / 100

第七章　勤奋创造奇迹 / 103

水温够了茶自香 / 104
难以相信的成就 / 106
别活在梦想里 / 108
自己动手的快乐 / 111
少壮须努力 / 113
勤奋造就优秀 / 115
擦鞋童亨利 / 117
比时间跑快一步 / 118

第八章　给予，是快乐的源泉 / 121

腾出一只手给别人 / 122
给予，是快乐的源泉 / 124
点亮一盏灯 / 127
分享是聪明的生存之道 / 129
秋天里也有童话 / 131

第九章　勇气本身就是一种奖赏 / 133

镇静的力量 / 134
疯狂逃命的小母鸡 / 136
推开虚掩之门 / 139
勇气本身就是一种奖赏 / 142
甩开怯懦的法官 / 144
勇气来自坚强的心灵 / 146
压倒一切的气魄 / 148
将勇气保留到底 / 150

第十章　自制力是通过悬崖边的安全屏障 / 153

成吉思汗与猎鹰 / 154

扫地扫地扫心地 / 157

世界上最难说的字 / 160

控制你的脾气 / 163

征服世界，先学会自制 / 165

第十一章　坚韧是意志的最好助手 / 169

喜欢解决难题的阿基米得 / 170

挡住那个洞口 / 173

做境遇的主人 / 176

小泥人过河 / 177

蹚过命运的冰河 / 179

永远进取的心 / 181

第一章

信誉是最宝贵的财富

诚实是人生的前提，是做人能够守信的思想基础，而守信则是诚实的外在表现。只有内心诚实，待人真挚诚恳，开诚布公，做事才能讲信用，有信誉，也才能被别人信任。对于青少年来说，应该从小就养成诚信的习惯，无论对父母、对老师、对同学，我们都必须严守一个"信"字。言而无信，最终葬送的只能是自己的前程。

陈策追骡

南宋时的一天,陈策去集市上买回了一匹骡子。这骡子精壮精壮的,毛色发亮,走起路来四只蹄儿像翻花。喜得陈策连声说:"好骡好骡。"

第一次用这骡子,是要从西域的恒顺运一些丝绸到他的铺子。伙计将鞍放上骡子的背,想不到骡子突然暴怒起来,上蹿下跳,连鞍都摔在了地上,把几个伙计吓了一跳。这骡子怎么啦?伙计把骡子捉住,又试了几次。只要鞍一上骡子背,它就发怒一般暴躁蹦跳。

"这是一匹伤鞍的骡子,老主人养成的。"陈策说。

"骡子不能负重,就是废物。"邻居说,"还把它送还原来的主人,或者卖掉吧!"

可陈策这个人不忍心这样做。受了欺骗,他就这样认了。他叫伙计把骡子关到城外闲置的老屋子里,每天供给它一些简单的草料。他说:"就等它慢慢地老死吧。对畜生这样狠的主人,就是畜生!"他对骡子的前主人依然耿耿于怀。

他的儿子对父亲的做法很有些想法,他还是想把骡子卖掉。但这个念头他不敢跟父亲说,他有点怕父亲。所以后来做的事他都是瞒着父亲干的。

他找到平时比较熟的一个马贩子,说:"你想法把我这头骡子卖了,我多给你中介费。"

马贩子说:"谁都知道你父亲的脾气,他会说我们的。你父亲知道了,气得要冒烟的。"

"没事,一切后果我负责!"

机会终于来了。有一个路过南城的官人的马死了,便来到骡马市场,想再买一匹。

马贩子瞄见了他,上前说:"有一匹上好的骡子,因为负重时受了点伤,把背磨破了,主人要赶生意,急着就把它卖了,你要不要看看?"

官人就随他过去。一匹精壮精壮的骡子，毛色发亮。官人连声夸："好骡子好骡子。"

马贩子说："就是背上有些伤，稍养一养就好了。"

骡子的背上有一些新鲜的擦伤。是陈策的儿子和马贩子磨出来的。脱毛，破皮，见血。

官人和当时的陈策一样，毫不犹豫就买下了。他说："我的日程宽裕，暂不用它，只与我随行即可。"

陈策还是知道了这件事——可当时已经晚了，那官人早已离开南城五天了。

陈策骑上马，沿官道追。晓行夜宿，沿路打问。他花了两天时间，赶上了那匹骡子。那骡子见了他，不走了，挨挨蹭蹭要靠近他。想说什么说不出来，只知道犟着不走。

陈策向官人行礼，说："这是一匹伤鞍的骡子，不能负重。"

官人疑心他舍不得这精壮的骡子，要反悔，就说："伤鞍的骡子我也要。"

陈策解下自己的马鞍，递给官人，说："不信，你试试。"

官人说："我不试。"

陈策叹一口气："我以诚待你，你却疑我欺诈，既如此，我在家等你。"说完，策马回家了。

不久，官人返回了南城。他找到了陈策，说："我来并不是为了讨回银两，而是特为谢罪而来。你待我以至诚，竟受我怀疑。哎，惭愧呀！"

智慧感悟

陈策追骡子的故事给人们留下了一个"利他"的典范。故事本身告诉我们，在任何时候，都不能为了个人利益而放弃诚实。那些常为一己之利表现不诚实的人不会获得真正的成功。陈策的行为给儿子上了一堂生动的教育课：一个人对别人表现出完全的不诚实时，可能会获得暂时的回报，但你不可能总生活在自欺欺人的阴影之中。

的确，在生活中要做一个诚信的人不容易，因为它来不得半点虚假和功利，需要实实在在地付出、奉献。真诚待人、克己为人的人，也许偶尔会被欺诈，但他们迟早会受到人们的尊敬。

樵夫的斧子

从前,在安静的绿林深处,在一条水流湍急、闪着银光的河边住着一位贫穷的樵夫。为了维持一家人的生计,他工作非常辛劳。每天他都得肩上扛着一把坚硬、锋利的斧头去森林中砍木头。他总是边走边高兴地吹口哨,因为他想只要自己身体健康,斧子不出问题,他就能挣到足够的钱来养家糊口。

一天,他正在河边砍一棵很大的橡树。斧头落处,木屑飞扬。清脆悦耳的伐木声在森林中回荡开来,别人会以为有十多个樵夫在工作。

干了一段时间之后,樵夫想自己应该休息一会儿了。他把斧子放在树边,然后转身想坐下,但突然被一条干裂的老树根绊了一跤。他还没来得及伸手,他的斧子就顺着河岸滑落到水中。

可怜的樵夫瞪大双眼,想看清河底的情况,但河水太深了。河水依旧欢快地从他那失去的宝贝上面流过。

"我可怎么办啊?"樵夫喊道,"我失去了我的斧子!以后我怎么养活孩子们?"

他的话音刚落,湖面上出现了一位漂亮女子。她是这条河的女神,听到他悲伤的话语后浮上了水面。

"你有什么伤心事?"她热情地问道。樵夫把自己的经历讲述了一遍。听完后,女神立即潜入水下,一会儿之后,手里拿着一把银斧露出水面。

"这是你的斧子吗?"她问道。

樵夫想,用这把银斧能给孩子们买许多好东西。但那不是他的斧子,于是他摇摇头,回答说:"我的斧子是钢制的。"

女神把银斧放到岸上,然后再次潜入水中。一会儿之后,她浮上水面,手里拿着另一把斧子给樵夫看。"也许这是你的吧?"她问道。

樵夫看了一眼,"噢,不是!"他回答道,"这把斧子是用金子做的！比我的要贵许多倍！"

女神把金斧放到岸上，又一次潜入水中。这次浮出水面后，她拿出的才是樵夫的斧子。

"那是我的！"樵夫喊道，"那才是我的斧子呢！"

"这是你的，"女神说道，"另外两把现在也属于你了。它们是河水送给你的礼物，因为你刚才说的是实话。"

那天傍晚，樵夫扛着三把斧子回了家。当他想到自己可以为家人买许多好东西时，禁不住高兴地吹起了口哨。

◆智慧感悟◆

这是一个古老而典型的关于诚实的故事，历久弥新。

诚实的人，必定得到生活的厚报！这是生活的基本法则。

真理遭遇谎言

从前，真理与谎言在路上相遇。

"下午好。"真理说道。

"下午好。"谎言回答说，"你最近还好吗？"

"不好。"真理叹了口气，"你知道，现在这个世道对我这样的人来说简直太难过了。"

"是的，我明白这点。"谎言说着打量了一下衣衫褴褛的真理，"看你的样子，好像很长时间没有吃饭了。"

"说实话，我挨饿已经很长时间了。"真理承认说，"好像现在谁也不想雇用我。无论我去哪里，大多数人都不理睬我，有的还嘲笑我。我可以告诉你，这太让我灰心了。我开始问自己为什么要忍受这一切。"

"对呀，你为什么要忍受这一切呢？跟我走，我会教你如何做事。你不能像我这样饱食终日，衣冠楚楚，真是没有道理。但是你必须发誓，当我们在一块时你绝不能反驳我。"

于是真理发了誓，并同意与谎言在一块待一段时间。他这样做并不是因为他喜欢与谎言为伍，而是因为他饿得太厉害了。如果再不吃点东西，他想自己会晕倒的。他们来到一座城市。谎言立即带他到城里最好的餐馆吃饭。

"服务员，请端上你们这里最好的荤菜、最甜的糖果与最好喝的酒！"他喊道。然后他们大吃大喝了一个下午。最后，他们再也吃不下去了。这时，谎言开始用拳头猛敲桌子，大声叫餐馆的经理。后者闻声立即跑了过来。

"这是个什么鬼地方？"谎言厉声说道，"大约一个小时前我就付给那个服务员一块金子，但他还没有把零钱找给我。"

经理把服务员叫过来，但服务员说根本没有见过那位先生付钱。

"什么?"谎言大声喊道。这时餐馆中的所有人都转过身来看热闹,"这个地方太不讲信用了!遵纪守法的无辜良民到你们这里来吃饭,你们却想抢夺他们辛辛苦苦挣来的钱!你们是一群盗贼和说谎者!这次你们可以欺骗我,我以后再也不会来你们这个地方了!给你!"他把一块金子扔给经理,"这次该找我零钱了吧!"

由于担心自己餐馆的声誉受到损害,这位经理不但拒收这块金子,而且还给谎言先生找了他刚才所谓的零钱。然后他把服务员拉到一边,骂他是个无赖,并声言要解雇他。不管服务员如何据理力争,说自己根本没有收那个人的任何钱,经理还是不相信他的话。

"唉,真理,你躲在什么地方了?"服务员叹息道,"难道你也要抛弃我们这些勤劳的心灵吗?"

"不,我在这里,"真理暗自咕哝道,"不过,我明辨是非的能力为饥饿所取代了。现在只要我一张口,就会违反我对谎言所发的誓言。"

他们一来到大街上,谎言就放声大笑起来,然后拍了拍真理的脊背说,"你知道世界是怎么回事了吧?"他大声喊道,"难道你不认为我能轻松自如地驾驭它吗?"

听到这里,真理从他身边走开。

"我宁愿饿死也不会像你那样生活。"他说道。

于是真理与谎言分道扬镳,再也没有在一起旅行过。

智慧感悟

正如这则希腊民间故事指出的那样,美丽的心灵不仅热爱真理本身,而且厌恶虚伪,对这样的心灵来说,欺骗比诚实所招致的困难更加让人难以忍受。

谎言终究会被揭穿

M. 左琴科上学读书是很久以前的事了。那时,老师把每次提问所得的成绩写在记分册上,给他们打上分数,从五分到一分。

左琴科进学校的时候,年龄还很小,上的是预备班。当时他才7岁。

对于学校的情况,左琴科一无所知,因此,最初3个月里他简直是懵懵懂懂。有一次,老师布置他们背诗。可是,左琴科没背会那首诗,他压根儿没听见老师的讲话。因为坐在他后边的几个同学不是用书包拍他的后脑勺,就是用墨水涂他的耳朵,再不就揪他的头发。正是由于这个原因,左琴科坐在教室里总是提心吊胆,甚至呆头呆脑,时时刻刻提防着,生怕坐在后面的同学再想出什么招儿来捉弄自己。

第二天,仿佛与左琴科作对似的,老师偏偏叫他起来背那首诗。

左琴科不仅背不出来,而且都没想到过世界上会有这么一首诗。

老师说:"好吧,把你的记分册拿来!我给你记个一分。"

于是左琴科哭了,因为他还是第一次得一分。不过他并不清楚,这会带来什么后果。

课后,他的姐姐廖利亚来找他一起回家。看了他的记分册,她说:"左琴科,这下可糟了!老师给你的语文打了一分,这事儿真糟!再过两个星期就是你的生日,我想,爸爸不会送照相机给你了。"

左琴科说:"那可怎么办呢?"

廖利亚说:"我们有个同学干脆把记分册上有一分的那一页和另一页粘在一起,她的爸爸用手指舔上唾沫也没能揭开,这样也就没有看到那个分数。"

左琴科说:"廖利亚,骗父母亲,这不好吧!"

廖利亚笑着回家了。而左琴科呢?忧心忡忡地来到市立公园,坐在那儿的长凳上,翻开记分册,怀着恐惧的心情盯着上面的一分。

第一章　信誉是最宝贵的财富

左琴科在公园里坐了很久，然后就回家了。已经快到家了，他才突然想起，自己把记分册丢在公园里的长凳上了。他又跑回公园，可是记分册已经不翼而飞。起先他很害怕，继而又高兴起来，因为这下他可没有记着一分的记分册了。

回到家里，左琴科告诉父亲，记分册被他搞丢了。廖利亚听了他的话笑了起来，并对他眨眨眼睛。

第二天，老师知道左琴科的记分册丢了，又给他发了一本新的。

左琴科翻开这本新的记分册，指望上面没有一个坏分数，但在语文栏内还是有个一分，而且笔道更粗。

左琴科顿时十分懊丧，简直气极了，就把新的记分册往教室里的书柜后面一扔。

两天以后，老师知道左琴科的这本记分册也丢了，又给他填了一份新的，除了语文有个一分外，老师还在上面给左琴科的品行打了个两分，并且说，一定要把记分册交给他的父亲看。

课后，左琴科见到廖利亚，她说："如果我们暂时把记分册上的那一页粘起来，这不算撒谎。一个星期以后，等你生日那天拿到了照相机，我们再把它分开，让爸爸看上面的分数。"

左琴科很想得到照相机，于是就和廖利亚一起把记分册上那倒霉的一页的四个角都粘了起来。

晚上，爸爸说："喂，把记分册拿来！我想看看，你不至于会有一分吧？"

爸爸打开了记分册，但上面一个坏分数也没有，因为那一页被粘起来了。

爸爸正翻阅着左琴科的记分册，突然传来了门铃声。

一位妇女走进来说："前几天我在市立公园散步，就在那里的长凳上看到一本记分册，根据姓氏我打听到地址，就把它给您送来了，让您看看，是不是您的儿子把它搞丢了。"

爸爸看了看记分册，当他看到上面有个一分，就一切都明白了。

他没有骂左琴科，只是轻轻地说："那些讲假话、搞欺骗的人是十分滑稽可笑的，因为谎言或迟或早总是要被揭穿的，要想人不知，除非己莫为。"

左琴科站在爸爸面前，满脸通红。他沉默了好久说：

"还有一件事：我把另外一本打了一分的记分册扔到学校里的书柜后面了。"

爸爸没有更加生气，他的脸上反而露出了笑容，显得很高兴。他抓住左琴科的双手，吻了吻。"你能把这件事老老实实说出来，这使我非常非常高兴。这件事可能长时间内没有人知道，但你承认了，这就使我相信，你再也不会撒谎。就为这一点我送给你一架照相机。"

◆ 智慧感悟 ◆

谎言或迟或早总是要被揭穿的。坚持说实话有时可能会暂时吃些亏，却生活得非常坦然；反之，一旦养成了说谎话的习惯，很可能抱憾终生，甚至处处碰壁。

高山流水之约

春秋时期，楚国的一个小村庄中的一个樵夫的家里，年轻的钟子期垂危，年迈的父母守着病榻。

"儿再不能对父母尽孝心了。儿死后，只请父母将儿埋在马安山那边的江边。"钟子期握着父亲的手说。

"儿啊，为什么一定是那里，那儿离家有二十多里呀！"母亲流着泪问。

"为了守信、守约。"钟子期微弱的声音说，"父母知道，去年中秋，儿在那里遇到伯牙兄，临别时约定，今年中秋，伯牙兄要来我家，我说，到时候我去江边接他……不能活着去接，死了也要到江边，要信守约言……"

"我儿，伯牙乃是晋国士大夫，去年是公事路过，今年怕是不能前来了。晋阳城到这里是几千里呀……"父亲说着抚摸儿子的手。

钟子期说的是去年中秋的事。晋国士大夫俞伯牙奉晋主之命外出办事。回晋时走水路，八月十五之夜船行到汉阳江口，就停泊在岸边。

俞伯牙在船上弹琴时发现有人偷偷欣赏，就把这人请到船上。这人就是青年樵夫钟子期。交谈中，俞伯牙发现钟子期对他的珍贵的古瑶琴的来历十分了解，且对琴理十分精通，欣赏弹奏也十分内行。俞伯牙想着高山弹奏，钟子期就听出"巍巍乎志在高山"；想着江河弹奏，他就感叹"汤汤乎志在流水"。在这里遇到知音，俞伯牙激动异常，当时就同钟子期结为兄弟。两人谈心直到天亮，都觉得言犹未尽。

俞伯牙邀钟子期过些天到晋阳去，钟子期说："如果答应了贤兄，我就必须履行诺言。万一父母不允许我去，我岂不成了言而无信？我不敢随随便便答应了后来再失信……"

俞伯牙感叹后，决定明年来看望钟子期。

"仁兄明年什么时候来到？"钟子期问，"昨夜是十五，现在天亮了是十六。来年，我就是八月十五或十六来到，最晚不超过八月二十。爽约失信，我就不是君子。"俞伯牙说。

钟子期说："既然如此，来年的八月十五、十六，我就将在这江边接你！"

一转眼，到了次年。俞伯牙算计了日子，向晋主告假。

晋主怀疑俞伯牙要另投别国，就迟迟没有答应。

俞伯牙想着上年的约定，再算算日子，心想，宁可丢官，决不能爽约失信，于是，收拾好行装就启程了。

一路行来，陆路转水路，正好在八月十五夜里，水手报告离马安山不远了。俞伯牙依稀认得这就是去年停船遇见钟子期的地方。

俞伯牙心情激动地站立船头四处张望。可是，没有望见钟子期的身影。"去年是弹琴相遇，大约子期贤弟是在等我的琴声吧？"俞伯牙这样想着，就坐在船头弹奏起来。可是，从月在中天直弹到东方露红，并没有钟子期来迎接。

跟从的人有的知道俞伯牙到这里的目的，就说："大人，一年前的约会，谁还能记得？只有大人能不远数千里赶来，还一天都不晚。"

"我了解他。定是家中有不能脱身之事，我们去他家。"俞伯牙说着就起身。

走出十余里，俞伯牙迎面遇到一龙钟老者，在问路的交谈中知道他就是钟子期的父亲。俞伯牙向老人说明了来意。

老人流着眼泪向俞伯牙叙说了钟子期临终时的请求，最后说："你来的路上，离江边不远的新坟，那、那就是他、他在那里接你啊！"

俞伯牙闻言，大叫一声昏倒在地。

俞伯牙醒过来后，跟着钟父来到新坟之前，不禁放声痛哭。他将瑶琴取出，盘膝坐在坟前挥泪弹琴，泪水随着琴声就像泉涌一样。一曲弹完，俞伯牙双手举琴往坟前的祭台用力摔去，珍贵的瑶琴被摔得粉碎。

俞伯牙向坟墓喊道：

"贤弟啊，你接我，我来了。我来了！我来了……"

像钟子期这样临终不忘自己的许诺，死后还要"守约"，确实难能；像俞伯牙这样宁可丢官也要履行与朋友的约言，确实可贵。后世传说他们的故事,这也是一个原因吧。

人与人交往,最重要的是讲信用,俞伯牙和钟子期可谓是真正的知音,他们不但相互理解,而且相互信任。尤其是樵夫钟子期,在自己垂危之际,仍然记着去年同伯牙的约定,就是人死了,也要把尸体埋在"马安山那边的江边",在八月十五、十六迎接伯牙的到来。如果人世间的人都像俞伯牙、钟子期一样践约守信,心与心就不会相隔遥远,人世间就少了许多烦恼。

智慧感悟

遵守承诺为君子,诚信待人显人品。一个信守自己承诺的人,是一个有人格魅力的人;而一个视承诺为儿戏的人,自然不会得到别人的信赖。孔子说:"言而无信,不知其可也。"言而有信,是做人最基本的道德要求。向别人许下了诺言,就必须用行动去履行,因为诺言是一种不变的誓言,值得我们用一切去捍卫。我国流传千古的"高山流水"的故事,就是遵守承诺的典范!

从不食言的莱古勒斯

从前,在罗马附近海岸的另一侧有一座大城市,名为迦太基。罗马人一直对迦太基人很不友好,最后两国爆发了一场战争。有很长一段时间,双方势均力敌,各有胜负,难分高下。有时罗马人赢得一场战役,但随后迦太基人又会获得另一场战争的大捷。战争就这样持续了许多年。

罗马军队中有一位英勇善战的将军,名叫莱古勒斯。据说,这个人从未食过言。碰巧,战争开始后不久,莱古勒斯就被敌方捉住成了战俘,被押送到迦太基。他又病又孤独,时常想起远在海那边的妻儿,但与他们相见的希望微乎其微。

一天,迦太基的几位头领来监狱中找莱古勒斯谈话。

"我们打算和罗马人民和好,"他们说,"我们相信,如果你们在后方的头领们了解战事发展情况的话,会乐意和我们讲和的。如果你同意把我们的话告诉他们,我们就会把你放了,让你回家。"

"什么?"莱古勒斯问道。

"第一,"他们说道,"你必须把你们输掉的那些战役告诉罗马人,而且你必须让他们明白,这场战争并没有为他们赢得任何东西。第二,你必须向我们发誓,如果他们不讲和,你必须回来继续坐牢。"

"很好,"莱古勒斯说,"我向你们发誓,如果他们不同意讲和,我就回来继续坐牢。"

就这样他们把他放了出来,因为他们清楚一个伟大的罗马人不会背信弃义。

莱古勒斯回到罗马时,人们都热情地和他打招呼。他的妻子儿女更是兴奋不已,因为他们认为他们再也不会分开了。那些为罗马制定法律的元老院议员来见他,向他询问战争的情况。

"迦太基人把我放回来,请求你们与迦太基讲和。"他说道,"但是讲和是不明智的做法。我们确实在几场战役中遭到了失败，但我们的军队每天都在攻城拔寨。迦太基人很害怕。再坚持一段时间，迦太基就会是你们的了。至于我，我是来和妻子儿女及罗马告别的。明天我将启程，返回迦太基，继续坐牢，因为我发过誓。"

那些白发的元老院议员开始劝他留下来。

"让我们派另一个人代替你。"他们说道。

"一个罗马人能说话不算数吗？"莱古勒斯说道，"我已经身染重病，活不了多长时间了。我要履行自己的诺言，返回迦太基。"

听了这些，他的妻子和孩子们开始哭起来，他的几个儿子请求他不要离开他们。

"我已经发过誓，"莱古勒斯说道，"我必须遵守诺言。"

莱古勒斯和他们告别后，毅然返回迦太基的监狱，走向他所预料中的死亡。

正是这种勇气使罗马成为世界上最伟大的城市。

智慧感悟

生活中，有不少"食言而肥"之人，他们视承诺如儿戏，殊不知爽约其实意味着对心中信仰的蔑视和对原则底线的践踏。莱古勒斯的做法给我们树立了一个光辉的典范，值得我们去效仿。

有人从天上看到你了

从前，一个人打算悄悄跑到邻居家的麦田中偷一些麦子。"如果我从每块田中偷一点儿，谁也不会察觉到，"他心想，"但是加起来数目就非常可观了。"于是他等到一个伸手不见五指的夜晚，黑云遮盖了明月，他偷偷带着女儿离开家。

"孩子，"他压低声音说道，"你得给我站岗，如果有人来就大声喊我。"

然后这人溜进第一块麦地，开始收割，不一会儿，女儿就喊道："爸爸，有人看到你了！"

这人向四周看了看，但是一个人也没有看到，于是他把割下的麦子收拾起来，走进第二块麦地。

"爸爸，有人看到你了！"女儿又大声喊道。

这人停下来，向四周张望，但还是什么人也没看到。他又收了些麦子，然后来到第三块麦地。

过了一会儿，女儿大声叫道："爸爸，有人看到你了！"

这人又一次停下手中的活，向四周望了一下，但还是什么人也没有看到，于是他把割下的麦子捆好，然后溜进最后一块麦地。

"爸爸，有人看到你了！"女儿又叫了起来。

这人停止收割，向四下看去，还是没有看到人。"你为什么总是说有人看到我了？"他生气地问女儿，"我四处看了看，什么人也没看到。"

"爸爸，"那孩子低声说道，"有人从天上看到你了。"

智慧感悟

康德说，世界上有两种东西永远值得我们敬畏：一是头上灿烂的星空；二是内心中的道德法则。故事中大人的自欺欺人和孩童的真诚纯朴形成鲜明对比。孩子"有人从天上看到你了"的言语该包含着多么深刻的寓意和多么巨大的震撼力啊。国人说"头上三尺有神明"，又说"暗室不能亏心"，实在是符合哲理思考的统一原则。

诚信是永恒的人性之美

乔治从小聪明能干，好奇心强，对什么事情都要动脑筋想一想，问个"为什么"。他的父亲是个大种植园的园主，非常喜爱花草树木。他亲手在自家的花园里栽培了几棵樱桃树，每天浇水、松土，爱如珍宝，使樱桃树长得既快又壮。

一天，父亲出去了。乔治望着枝叶茂盛的樱桃树，脑子里闪出个大问号：这几棵樱桃树为什么能长得这样好呢？他皱着眉头来回打量，突然自语道："哼，这树干里面说不定有什么'宝贝'呢！弄开看看。"他看看家里没人，便提了一把斧头，来到树前"咔嚓"一声把樱桃树砍断了。然后，扔下斧头，握把小刀，急切地在树干里拨呀、找呀，但始终没找到什么"宝贝"。于是，他泄气了，心想："宝贝"没找到，树也砍坏了，父亲回来定会打我的。他害怕了。

父亲回来了。他像往常一样，先去看他的樱桃树。望着父亲的脚步，乔治紧张得冒出了一身冷汗。果然，大祸临头，父亲捡起被砍断的樱桃树枝恼怒地吼道："这是谁干的？谁干的？真是太坏了！我要扭断他的胳膊。"听到父亲的喊声，全家人都跑出来摇头摆手表示不是自己砍的。乔治心想，树是自己砍的，何必连累别人呢？他咬了一下嘴唇，走到父亲跟前说："爸爸，樱桃树是我砍的！"父亲正要举手打他，乔治睁着一双大眼睛望着盛怒的父亲说："爸爸，我告诉你的是事实，绝没有说假话！"听着儿子的申述，父亲的怒容顿时消失了，心想：是呀，孩子虽然损坏了樱桃树，但他认识到了自己的错误，而且能诚实地承认错误，我怎么能打他呢？

他和蔼而亲切地拉过乔治说："孩子，你不必害怕，我不会打你的。因为，你这种对错误勇敢承担的态度，比爸爸心爱的樱桃树要珍贵千万倍！"接着他拍拍儿子的小脑瓜，询问了他砍树的前前后后。乔治又如实地向父亲叙述了他砍树的想法。父亲听了很高兴，吻了一下儿子说:"是啊,对任何事情都要多问几个为什么。"然后父亲大声向全家人说:"我们家的每一个人,包括我自己在内,都要学习我们的小宝贝乔治这种诚实的精神!"

故事中的小乔治就是后来的美国第一任总统华盛顿。他的一生,凭着优秀品质,受到了广大人民的拥戴,促使他一步步成功地走向总统的位置,成为美国有史以来的第一位伟大的总统。

多少年来,华盛顿身上折射出来的人性光辉激励着一代代美国的青少年,去追求高尚的品质。可以说,诚信的品格是获得成功人生的第一要素,历来被伟人们尊崇。

绝非偶然的是,美国另一位可以和华盛顿媲美的伟大总统林肯,在年轻时就是一个诚信哲学的忠实拥护者。

林肯作为一个小职员时,他诚实而勤快。一天,一位妇女来商店买了一些小物品,结算的结果是应付2美元6.25美分,林肯认为应该收这么多钱。

付完款后,那位妇女高高兴兴地走了。但是林肯自己的计算结果感到没有把握,于是又算了一遍,结果让他大吃一惊,他发现各种款额加起来后应该是2美元。

"而我却让她多付了6.25美分。"林肯不安地想。

钱不多,许多店员不会把它当回事儿。但是林肯却非常尽责。

"必须把多收的钱还回去。"他决定。

如果那位女顾客就住在附近,把钱还给她轻而易举,但正如林肯所知道的那样,她住在两三英里之外的地方。然而这并没有动摇他的决心。天已经黑了,他锁好店铺,步行来到那位女顾客的住处。到那儿后,他把事情讲述了一遍,将多收的钱如数奉还,然后心满意足地回了家。

下面是另一个有关林肯年轻时诚实做人的例子:

一位女士来到店中,买半磅茶叶。

林肯将茶叶称好,包起来,递给顾客。这是他那天的最后一份买卖。

第二天清晨,开始营业之前,林肯在秤盘上发现了一个四盎司重的砝码。他突然想到昨天卖东西时用的是这个砝码,所以少给顾客茶叶了。当时许多乡村商人不会为此担心的。然而我们喜爱的林肯不这样想。他把剩下的茶叶称出来，给那位顾客送去。读到这里，青年读者应会逐渐明白，日后人们之所以总是称林肯总统为"诚实的老亚伯"也就不足为奇了。

诚信的人，任何时候都值得我们去信赖，而他们高尚的情操和纯洁的品质也注定铭刻在人类的荣誉丰碑之上，并将闪耀着永远的人性之光。

◆智慧感悟◆

诚信就是诚实守信，用更通俗的话说诚信就是实在，不虚假。诚信是一个人的美德，有了"诚信"二字，一个人就会表现出坦荡从容的气度，焕发出人格的光彩。自古以来，诚实守信就是一种永恒的人性之美。

做正确的事

乔治·爱伦从父亲那儿得到一枚闪闪发亮的银币,这是他的新年礼物。

他想用它去买许多自己想要的东西。

大地上白雪皑皑。在阳光的照耀下,周围的一切都显得异常美丽。乔治戴上帽子,跑到大街上去了。

他在雪地上滑行,突然看到一群孩子在打雪仗。乔治立刻加入了这种游戏。

他向詹姆士投去一个雪球,但没有击中,却飞到了街对面的一扇窗户上,并打了一个洞。

乔治很担心主人会从屋子里跑出来找他算账,就飞快地逃走了。但是,当他跑到一个角落里就停了下来,因为他为刚才做的坏事感到深深的不安。

"现在,我可没权利去花那枚银币了。我应当把它拿来赔偿我刚才打碎的那扇玻璃。"他对自己说。

他在街上徘徊着,心里非常难过。一方面,他很想得到自己想要的东西,但另一方面,他又不得不去赔偿那块破碎的玻璃。

最后他说:"我打破了玻璃很不对,尽管我不是故意的,即使用光了我所有的钱,我也应该去赔。只有这样做,我才会安心。如果我为自己的过错做了赔偿的话,我想,房主人不会责骂我。"

乔治开始去做正确的事了。他为自己下这决心去做正确的事而感到由衷的喜悦。

他按了按门铃。主人出来了,乔治说:"先生,非常抱歉,我玩雪球时打破了您的玻璃窗。但我不是故意的,这枚银币是父亲给我的新年礼物,我想用它来赔您。"

那位先生接过乔治的银币,并问他是否还有钱。乔治说他再也没有了。"好的。"先生说,"你会得到更多的钱。"

那位先生直夸乔治是个诚实的孩子,又问了乔治的姓名和地址,然后关上了房门。

乔治回到家时已经开饭了。他的双眼十分明亮,脸颊红得像熟透了的苹果,给人的感觉是一切良好。吃饭时,他的父亲爱伦先生问他用银币买了什么东西。

乔治把自己打碎玻璃的事如实地告诉了父亲。并向他说明:自己虽然没钱花了,但他感到非常快乐。

饭后,爱伦先生示意儿子去看他的帽子。乔治走过去一看,帽子里有两枚银币。原来,那位先生已来过这儿并把这一切都告诉了爱伦先生。临走时,他不但把那枚银币还给了乔治,而且又送了一枚银币给乔治。

不久,那位先生又来找到爱伦先生,说他想找个好孩子去帮他经营商店。

从那以后,乔治每天一放学就去那位先生的店里帮忙。

原来,那位先生是一个腰缠万贯的商人。几年以后,乔治便成了他的合伙人。

智慧感悟

诚实是一个人最完美的介绍信,具有诚信的品质,任何时候都会得到人们的称许。更重要的是,诚实之人能坦荡地面对一切考验,做到"上可仰天,下能俯地"。诚实的人,必是快乐的人,同时必是能值得信赖的人。

桃李不言，下自成蹊

为人真诚，严于律己，自然会感动别人，自然会受到人们的敬仰。

西汉时候，有一位勇猛善战的将军，名叫李广，一生跟匈奴打过七十多次仗，战功卓著，深受官兵和百姓的爱戴。李广虽然身居高位，统领千军万马，而且是保卫国家的功臣，但他一点也不居功自傲。他不仅待人和气，还能和士兵同甘共苦。每次朝廷给他的赏赐，他首先想到的是他的部下，就把那些赏赐统统分给官兵们；行军打仗时，遇到粮食或水供应不上的情况，他自己也同士兵们一样忍饥挨饿；打起仗来，他身先士卒，英勇顽强，只要他一声令下，大家个个奋勇杀敌，不畏牺牲。这是一位多么让人崇敬的大将军啊！

后来，当李广将军去世的噩耗传到军营时，全军将士无不痛哭流涕，连许多与大将军平时并不熟悉的百姓也纷纷悼念他。在人们心目中，李广将军就是他们崇拜的大英雄。汉朝伟大的史学家司马迁在为李广立传时称赞道："桃李不言，下自成蹊。"意思是说，桃李有着芬芳的花朵，甜美的果实，虽然它们不会说话，但仍然会吸引人们到树下赏花尝果，以至树下都走出一条小路，李广将军就是以他的真诚和高尚的品质赢得了人们的崇敬。

一个具有高尚品德的人，才能干大的事业，往往最朴素的真情最能让人感动和相信。大唐开国皇帝李世民和李广将军一样，堪称以诚之德成就大业的典范。李世民和尉迟恭的生死情谊，就曾在民间留下了一段佳话。

隋唐时期最有名的战将之一尉迟恭，字敬德，原为宋金刚的部下，620年4月，宋金刚兵败逃命，尉迟恭等人被迫投降了李世民，一同投降的寻相将军及宋金刚的部下士卒在夜间偷偷地逃走了。

这样一来，唐营里都指着尉迟恭窃窃私语。屈突通、殷开山等几人，害怕尉迟恭逃跑，为唐留下后患，就把尉迟恭捆了起来，然后跑去对李世民说："尉迟恭骁勇绝伦，万人无敌，日后必为唐之大患，必须及早除之。现我等已乘其不备把他捆起来了，听候您的发落。"

李世民闻言大惊：

"你们可知道，尉迟恭如果要叛变，他怎么可能落后于寻相将军？现在寻相叛而敬德留，足见尉迟敬德毫无叛志呀！"

说完，赶忙走到尉迟恭面前，亲手为其解开了绳索，并把他引到了自己的卧室，拿出一箱金子相赐，说：

"大丈夫只以意气相待，请不要为小事介怀。如果将军不愿意留在这里，这箱金子可作为路费，略表我的心意。当然，我是怎么也不会因谗害正，更不会强留不愿与我交朋友的人。"

尉迟恭听李世民如此一说，声泪俱下，立刻下拜道：

"大王如此相待，恭非木石，岂不知感，誓为大王效死，厚赠实不敢受。"

李世民忙扶起他说：

"将军果肯屈留，金不妨受。"

尉迟恭继续推辞，李世民便说：

"先收下，作为以后有功时的赏赐吧。"

第二天，李世民带了500骑兵巡视战场，突然遭到王世充骑兵的包围追杀。王军人数超过万人，带队的又是大将单雄信，单是隋唐时名将，惯用长槊，紧紧地缠住李世民不放，李世民眼看就要被生擒，正在这性命垂危的紧急关头，突然一员猛将飞驰而至，冲开层层包围，把李世民从刀枪丛林中救了出来。

此人正是众人皆疑独李世民信任的尉迟敬德。

李世民回营后对敬德说：

"众将疑公必叛，我谓公无他意，相报竟这般快速吗？"

再把昨夜那箱金子相赐，尉迟恭这才收下。

经此事变以后，尉迟恭几乎成了李世民的贴身侍卫，每次征战，都寸步不离。李世民好冒险，总喜欢把最勇猛的将领组成一支突击队，在敌军阵中左冲右突，以挫敌锐气或打乱敌人阵脚，其中每次尉迟敬德都参加了突击队。尉迟敬德也以能加入这支冒险队伍为荣，感激李世民的信任，对李世民更加忠诚，决心以死来报答李世民的知遇之恩。

唐朝统一中国之后，皇宫内部争夺皇位的斗争越来越激烈。李世民的哥哥李建成被立为太子，但他怕功劳盖世、战将如云的李世民与他争夺太子之位，便联合三弟李元吉企图刺杀李世民。

可是，李建成又十分害怕李世民的大批战将和护卫，尤其是形影不离而武功绝世的尉迟敬德。李建成深知尉迟恭是除掉李世民的最大障碍。于是他就采取了分化瓦解政策。

有一天李建成派人送给尉迟恭一车金银珠宝，尉迟恭坚决辞退：

"敬德出身微贱，久陷逆地，幸亏秦王提拔，得有今日，现欲酬报秦王相遇，尚未有好机会，若取太子礼，我报恩更报不过来了……"

李建成等见金银珠宝并不能收买尉迟敬德，便又施一计，准备以北讨突厥为名，要调尉迟敬德作先锋，由李元吉带领离开长安。并决定在大军出发前，乘尉迟恭不在李世民身边时突然行刺以便除掉李世民。

尉迟敬德在探知这一情况后，便与其他谋臣一起，劝说李世民先下手为强，李世民率先发动玄武门事变，尉迟敬德协助李世民，捕杀了李建成和李元吉，并亲手割下两人的首级，假冒圣旨斥退李建成等人布置的军队，然后冒险执槊闯到李渊面前，逼迫李渊立李世民为太子。

这样李世民在尉迟敬德等人的协助下，终于顺利地登上了太子之位，不久便做了皇帝。

智慧感悟

真诚是人格魅力的基础，没有真诚，就不会有真心的朋友。以诚待人，才能得到友谊和真情，有的人总是疑神疑鬼，谁也信不着，到头来，他只能收获孤独。

真诚的价值在于可以置换。秦王李世民用真诚去对待降将尉迟恭，尉迟恭终生都真诚地辅佐李世民，毫无二心。

当然，也不能没有原则地对任何一个人都奉献真诚。面对狡诈虚伪之徒，你还真的要留几个心眼儿，否则，对方会利用你的真诚去实现他个人的卑劣目的。

第二章
对自己的行为负责

> 马克·吐温说:"我们到这个世界上来是为了一个聪明和高尚的目的,必须好好尽我们的责任。"良好的责任心是每个人都应具备的品质,是生命的支柱,它贯穿于人类的全部行为和活动中,受制于每一个人的道德良知。

少年富兰克林

富兰克林小时候很喜欢钓鱼。他把大部分闲暇时间都花在了那个磨坊附近的池塘旁边。在那儿，他可以得到从远方游来的鲽鱼、河鲈和鳗鲡。

一天，大家都站在泥塘里，本杰明对伙伴们说："站在这里太难受了。"

"就是嘛！"别的男孩子也说，"如果能换个地方多好啊！"

在泥塘附近的干地上，有许多用来建造新房地基的大石块。本杰明爬到石堆高处。"喂！"他说，"我有一个办法。站在那烂泥塘里太难受了，泥浆都快淹没到我的膝盖了，你们也差不多。我建议大家来建一个小小的码头。看到这些石块没有？它们都是工人们用来建房子的。我们把这些石块搬到水边，建一个码头。大家说怎样？我们要不要这样做？"

"要！要！"大家齐声大喊，"就这样定了吧！"

他们决定当晚再聚到这里开始他们伟大的计划。在约定的时间里孩子们都到齐了，开始搬运石块。有时他们像蚂蚁那样两三个人一起搬一块石头。最后，他们终于把所有的石块都搬来了，建成了一个小小的码头。

"伙计们，现在，"本杰明喊道，"让我们大喊三声来庆祝一下再回去，我们明天就可以轻轻松松地钓鱼了。"

"好哇！好哇！好哇！"孩子们欢叫着跑回家去睡觉了，梦想着明天的欢乐。

第二天早晨，当工人们来做工时，惊奇地发现所有的石块都不翼而飞了。工头仔细地看了看地面，发现了许多小脚印，有的光着脚，有的穿着鞋，沿着这些脚印，他们很快就找到了失踪的石块。

"嘿，我明白是怎么回事了。"工头说，"那些小坏蛋，他们偷石头

第二章　对自己的行为负责

来建了一个小码头。不过，这些小鬼还真能干。"

他立即跑到地方法官那儿去报告。法官下令把那些偷石头的家伙带进来。

幸好，失物的主人比工头仁慈一点，否则我们的朋友本杰明和他的伙伴们恐怕就麻烦了。石头的主人是一位绅士，他十分尊重本杰明的父亲。而且孩子们在这整个事件中体现出来的气魄也让他觉得非常有趣。因此，他轻易地放了他们。

但是，这些孩子们却要受到来自他们父母亲的教训和惩罚。在那个悲伤的夜晚，许多荆条都被打断了。至于本杰明，他更害怕父亲的训斥而不是鞭打。事实上，他父亲的确是愤怒了。"本杰明，过来！"富兰克林先生用他那一贯低沉严厉的声音命令道。本杰明走到父亲的面前。"本杰明，"父亲问，"你为什么要去动别人的东西？"

"唉，爸爸！"本杰明抬起了先前低垂的头，正视着父亲的眼睛，"要是我仅仅是为了自己，我决不会那么做。但是，我们建码头是为了大家都方便。如果用那些石头建房子，只有房子的主人才能使用，而建成码头却能为许多人服务。"

"孩子，"富兰克林严肃地说，"你的做法对公众造成的损害比对石头主人的伤害更大。我的确相信，人类的所有苦难，无论是个人的还是公众的，都来源于人们忽视了一个真理，那就是罪恶只能产生罪恶。正当的目的只能通过正当的手段去达到。"

富兰克林一生都无法忘记他和父亲的那次谈话。在他以后的人生道路上，他始终实践着父亲教给他的道理。实际上，他后来成为了美国有史以来最杰出的政治家和外交官之一。

应该说，富兰克林是幸运的，他平凡的父亲告诉了他一个不平凡的道理：一个人只有真正为公众的利益担当起自己应有的责任时，他的所作所为才变得伟大而值得称颂。尤其是一个青少年，更应该担当起崇高而不显浮华的责任，这是一个人一生中最重要的使命之一。人们从来不会指望一个游手好闲、没有责任心的人能给他们带来福音。

智慧感悟

责任心，总括起来指个人对自己和他人，对家庭和集体，对国家和社会所负责任的认识、情感和信念，以及与之相应的遵守规范、承担责任和履行义务的自觉态度。当一个人具备了高度的责任感，就具备了养成健全人格的基础，也犹如注入了个人发展的催化剂。

箱子里全是碎玻璃

有位老人，妻子已经过世，他一人独居。老人曾经是个裁缝，一生辛辛苦苦，但时运不佳，没有积攒下一分钱，而今上了年岁无法再做活计，他的双手颤抖不止，捏不住一根针，老眼昏花，缝不直一个针脚。他有三个儿子，全都已经长大成人，结婚成了家，忙着谋生度日，只是每周回来一次，看看老父亲，吃顿便饭。

老人越来越老了，他的儿子们来得也越来越少。"他们根本不想待在我身边了，"他自言自语，"他们都怕我成为累赘。"他彻夜无眠，担忧自己如何度日，终于他想出了个计划。

第二天，他去见那个做木匠的老朋友，请他给做个盒子。然后他又去见做锁匠的朋友，跟他要了把旧锁。最后他又去见一个吹玻璃的朋友，要来了他所有的碎玻璃片。

老人拿回盒子，装满碎玻璃，用锁锁紧，放在了饭桌底下。他的儿子们过些时候来吃晚饭时，脚碰到了盒子上。

"这盒子里装的什么呀？"他们看着桌子下边发问。

"噢，什么也不是，"老人回答，"只是我攒下的东西。"

他的儿子们碰了碰那盒子，看看有多沉。他们踢了一脚，听见里面发出哗啦啦的声响。"里面肯定装满了老头子这些年积攒的金子。"他们彼此嘀咕着。

于是他们讨论起来，意识到他们得保住这笔财产。他们决定轮番同老人住在一起，照顾他。第一周，最小的儿子搬了进来，照料父亲，为他做饭。第二周二儿子值班，第三周大儿子值班，他们这样坚持了一段时间。

最后，老人生病死了。儿子们给他办了一个很体面的葬礼，因为他们知道桌子底下有一笔财产，现在他们可以稍微挥霍一些老头子的积蓄了。

丧事过后，他们满屋子搜寻，找到了盒子的钥匙，打开了盒子。当然，他们发现里面全是碎玻璃。

"多讨厌的把戏！"大儿子喊道，"对你儿子做这样卑劣的事！"

"他不这么做又能怎么样呢？"二儿子伤心地问道，"我们必须对自己诚实，要不是因为这个盒子，我们可能直到他死也不会关心他。"

"我真感到羞愧，"小儿子哭泣着，"我们逼着自己的父亲欺骗，因为我们完全忘了小时候他对我们的教育。"

但是大儿子还是把盒子翻了个遍，检查了一下，确实什么值钱的东西也没有。他倒出了所有的碎玻璃，此时三个儿子望着盒子里面惊呆了，盒子底下刻着一行字：孝敬你们的父母吧。

智慧感悟

父母与孩子之间彼此的责任随着年龄而改变，尤其是年老之时。"老人会成为老小孩。"希腊戏剧家阿里斯托芬说。关心别人就意味着要照顾他们，"尊敬父母"的职责不会随父母变老而结束。

如此愚蠢的夫妻

曾经有个年轻人,据说是全镇上最愚蠢的小伙子,还有个姑娘,据说是全镇最呆笨的姑娘,当然,不知怎么的,他们竟然恋爱结婚了。结婚仪式结束之后,他们在新房里举办了盛大的宴会,一直持续了一整天。

最后,亲戚朋友们个个酒足饭饱,各自回家了。新郎新娘都疲惫不堪,准备脱鞋上床休息。这时,丈夫发现最后一个客人离开时没有关好门。

"亲爱的,你起来把门关上好吗?有穿堂风吹进来。"新郎说。

"干吗我去关门?"新娘打了个呵欠,"我站了整整一天,刚刚坐下。你去关。"

"我知道结果就得如此!"丈夫发火道,"你一戴上戒指,就成了个懒婆娘!"

"你怎么敢这么说!"新娘叫道,"结婚还没一天,你就指使得我团团转,我早就该知道你会是这种丈夫!"

"唠唠叨叨没个完。"丈夫咕哝道,"我一辈子都得听你抱怨吗?"

"我就得听你挑三拣四牢骚满腹吗?"妻子问。

他们怒目而视足足有五分钟,突然,新娘脑子里冒出个想法。

"亲爱的,"她说,"咱俩谁都不想去关门,咱俩听对方说话都烦心,这样,咱俩打个赌,谁先说话谁就起来去关门。"

"这是我一整天听见的最妙的主意,"丈夫回答,"让我们现在就开始。"

他们舒舒服服地一人坐一把椅子,面面相觑,一句话也不说。

他们这样坐着大约有两个小时了,这时有两个小偷推着手推车从这里经过,看见这家的房门开着,小偷溜进房子,里面似乎空无一人。小偷开始偷东西,碰到什么就拿什么。他们搬桌子、椅子,扯下墙上的画，卷起地毯，可是，这对新婚夫妇一言不发，一动不动。

"真是难以置信，"丈夫想到，"他们把什么都拿走了，她竟然一声也不吭。"

"他干吗不喊人？"妻子心中发问，"他就这么坐在那儿，看着小偷想拿什么就拿什么？"

终于，两个贼注意到这对默不作声、面无表情的夫妇，以为他们是一对蜡像，就取下他们身上的珠宝、手表、钱包。但夫妻二人仍一言不发。

小偷带着战利品急忙溜走了，新婚夫妇坐了个通宵。第二天天明，有个警察打此路过，看见了这扇开着的房门，探进头来问有没有出什么事。当然，他没从这对夫妻那儿得到一句回答。

"嘿！听着！"警察喊道，"我是警官！你们俩是干什么的？这是你们的家吗？你们的家具呢？"还听不见回答，警察抬手打了那丈夫一个耳光。

"你敢！"妻子跳起脚喊，"他是我的新婚丈夫，你敢动他一手指，我就饶不了你！"

"我赢了！"丈夫拍手叫道，"好了，去关门吧。"

智慧感悟

从斯里兰卡到苏格兰，对于这个故事，全世界有各种不同的版本，这里选用的是阿拉伯的版本。它提醒我们气量狭小会使我们忘掉责任。

阿尔福雷德大帝和烧焦的蛋糕

很多年前,英格兰有个国王叫阿尔福雷德,他是一个精明而又有正义感的人,是英国历史上最了不起的国王之一。直到几个世纪后的今天,他还被称作阿尔福雷德大帝而广为人知。

阿尔福雷德统治时期的英格兰形势复杂,国家受到凶猛的丹麦人的入侵。丹麦人跨过海洋前来进犯。丹麦入侵者如潮涌来,他们个个慓悍勇猛,很长时间几乎百战百胜。如果他们继续势不可挡,将会征服整个国家。

最终,经过数次战役,阿尔福雷德国王的英格兰军队溃不成军。每个人,包括阿尔福雷德,都只能设法逃生。阿尔福雷德乔装打扮为一个牧羊人,只身逃走,穿过森林和沼泽。

经过几天漫无目的的游荡,他来到一个伐木工人的小屋。饥寒交迫的他敲开房门,乞求伐木工的妻子给点儿吃的东西并借宿一宿。

女主人同情地看着这位衣衫褴褛的男人,她不知道他是谁。"请进,"她说,"你给我看着炉子上的蛋糕,我会供你晚餐的。我现在出去挤牛奶,你好好看着,等我回来,可别让蛋糕煳了。"

阿尔福雷德礼貌地道了谢,坐在火炉旁边。他努力把精力集中到蛋糕上,可是不一会儿他的烦心事就充满了脑子。怎样重整军队?重整旗鼓后又怎样去迎战丹麦人?他越想越觉得前途渺茫,开始认为继续战斗也将无济于事,阿尔福雷德只顾想自己的问题,他忘了自己是在伐木工的屋子里,忘了饥饿,忘了炉上的蛋糕。

过了一会儿,女人回来了,她发现小屋里烟熏火燎,蛋糕已经烤成焦炭。阿尔福雷德坐在炉边,目光盯着炉火,他根本就没注意到蛋糕已经烤焦。

"你这个懒鬼,窝囊废!"女人叫道,"看看你干的好事。你想吃东西,可你袖手旁观!好了,现在谁也别想吃晚餐了!"阿尔福雷德只是羞愧地低着头。

这时，伐木工回来了。他一进家门就注意到这个坐在炉边的陌生人。"住嘴！"他告诉妻子，"你知道你在责骂谁吗？他就是我们伟大的国王阿尔福雷德！"

女人惊呆了，她跑到国王面前急忙跪下，请求国王原谅她如此粗鲁。

但是明智的国王请女人站了起来。"你责怪我是应该的，"他说，"我答应你看着蛋糕，可蛋糕还是烤煳了，我该受惩罚。任何人做事，无论大小都应该认真负责。这次我没做好，但此类事情不会再有了，我的职责是做好国王。"

这个故事没告诉我们那天晚上阿尔福雷德是否吃了晚饭，但没过多久，他就重整自己的军队，把丹麦人赶出了英格兰。

智慧感悟

阿尔福雷德大帝是9世纪英国西萨克森的国王，他保护英国免受丹麦人征服的决心和他对文化、教育的重视使他成为英国最受欢迎的国王。这个故事告诉我们：图谋大业必须从注重小节开始；它还告诉我们领袖和责任密不可分。

达摩克利斯之剑

从前有个国王叫狄奥尼西奥斯，他统治着西西里城最富庶的城市西拉库斯。他住在一座美丽的宫殿里，里面有无数美丽绝伦、价值连城的宝贝，一大群侍从恭候两旁，随时等候吩咐。

狄奥尼西奥斯有如此多的财富，如此大的权力，自然西拉库斯的很多人都嫉羡他的好运。达摩克利斯就是其中之一。他是狄奥尼西奥斯最好的朋友之一，他常对他说："你多幸运呀，你拥有人们想要的一切，你一定是世界上最幸福的人。"

有一天，狄奥尼西奥斯听厌了这样的话语。"来吧，"他说，"你真的认为我比别人幸福吗？"

"当然是的，"达摩克利斯回答，"看你拥有的巨大财富，握有巨大的权力，你根本一点烦恼都没有。生活还有什么比这更美满的呢？"

"或许你愿意跟我换换位置。"狄奥尼西奥斯说。

"噢，我从没想过，"达摩克利斯说，"但是只要有一天让我拥有你的财富和幸福，我就别无他求了。"

"好吧，跟我换一天，你就知道了。"

就这样，达摩克利斯被领到王宫，所有的仆人都被引见到达摩克利斯跟前，听他使唤。他们给他穿上皇袍，戴上金制的王冠。他坐在宴会厅的桌边，桌上摆满了美味佳肴。还有什么更多的奢求呢？鲜花，美酒，稀有的香水，动人的乐曲，应有尽有。他坐在松软的沙发垫子上，感到自己成了世上最幸福的人。

"噢，这才是生活。"他对坐在桌子那边的狄奥尼西奥斯感叹道，"我从来没有这么尽兴过。"

他举起酒杯的时候，抬眼望了一下天花板，头上悬挂的是什么？尖端要触到自己的头了！

达摩克利斯身体僵住了，笑容从唇边消逝，脸色煞白，双手颤抖。

他不想吃，不想喝，也不想听音乐了。他只想逃出王宫，越远越好，哪儿都行。他头顶正悬着一把利剑，仅用一根马鬃系着，锋利的剑尖好像正对准他双眉之间。他想跳起来跑掉，可还是忍住了，怕突然一动会扯断细线，使剑掉落下来。他僵硬地坐在椅子上，一动不动。

"怎么啦？朋友？"狄奥尼西奥斯问，"你好像没胃口了。"

"那把剑！剑！"达摩克利斯小声说，"你没看见吗？"

"当然看见了，"狄奥尼西奥斯说，"我天天看见，它一直悬在我头上，说不定什么时候什么人或物就会斩断那根细线。或许哪个大臣垂涎我的权力欲杀死我，或许有人散布谣言让百姓反对我，或许邻国的国王会派兵以夺取王位，或许我的决策失误使我逊位。如果你想做统治者，你就必须冒各种风险，风险与权力同在，这你知道。"

"是的，我知道了。"达摩克利斯说，"我现在明白我错了。除了财富、荣誉外，你还有很多忧虑。请回到你的宝座上去吧，让我回到我自己的家。"

在达摩克利斯有生之年，他再也不想与国王换位了，哪怕是短暂的一刻。

智慧感悟

这是我们最古老的故事之一："如果你受不了热，就别去厨房做饭。"它很好地提醒我们，如果我们渴望高官厚禄，必须愿意承担随之而来的重负。

对自己的行为负责

　　一位名医，在当地享有盛誉。有一天，一位青年妇女来找他看病。检查后发现，她的子宫里有一个瘤，需要手术割除。

　　手术很快就安排好了。手术室里都是最先进的医疗器材，对这位有过上千次手术经验的名医来说，这只是个小手术。

　　他切开病人的腹部，向子宫深处观察，准备下刀。但是，他突然全身一震，刀子停在空中，豆大的汗珠冒上额头。他看到了一件令他难以置信的事：子宫里长的不是肿瘤，是个胎儿！

　　他的手颤抖了，内心陷入矛盾的挣扎中。如果硬把胎儿拿掉，然后告诉病人，摘除的是肿瘤，病人一定会感激得恩同再造；相反，如果他承认自己看走眼了，那么，他将会声名扫地。

　　经过几秒钟的犹豫，他终于下了决心，小心缝合刀口之后，回到办公室，静待病人苏醒。然后，他走到病人床前，对病人和病人家属说："对不起！我看错了，你只是怀孕，没有长瘤。所幸及时发现，孩子安好，一定能生下个可爱的小宝宝！"

　　病人和家属全呆住了。隔了几秒钟，病人的丈夫突然冲过去，抓住名医的领子，吼道："你这个庸医，我要找你算账！"

　　孩子果然安好，而且发育正常。但医生被告得差点破产。

　　有朋友笑他，为什么不将错就错？就算说那是个畸形的死胎，又有谁能知道？

　　"老天知道！"名医只是淡淡一笑。

　　天是心中那片天，神是心中那尊神。心中有原则，做事就不会为得失所迷，心情就不会为得失所累。

智慧感悟

俗话说： "要想人不知，除非己莫为。"采用欺骗手段掩盖错误，逃脱责罚，虽然能获得短暂的成功，但事情真相水落石出的时候，就是你成为人人唾弃的对象的时候，而且，在此期间，你还要小心翼翼地掩盖，承受着心理的压力和折磨。由此，做了错事要勇于承认，敢于纠正，哪怕为此付出代价，但起码能获得心灵的安宁。另外，责任心承载着一个人的人格，只有负起责任的时候，你才能找回做人的根本。

第三章

真正的仁慈

善良是一切修养之始。即使你身无分文，只要存有善良的心，你便是世间最富有的人。善良是一种聪明，大善就是智慧。因为，等待善良的是真正的福报，幸福正是善良之树上的累累果实。选择善良是种植，坚持善良是培育，持之以恒就必定会有收获。懂得播撒善良种子的人，他必然能收回好的声望和荣誉。

全世界最幸福的人

好几千年前，在亚洲住着一位国王，名叫克罗伊斯。他统治的王国并不很大，但人民的生活很好，王国以富有著称。克罗伊斯本人据说是世界上最富有的人，他是如此的著名，以致一直到今天人们还用"像克罗伊斯那样富有"来形容一个人有多么富裕。

克罗伊斯国王占有一切可以使他幸福的东西——土地、房屋、奴隶、精美的衣服以及各种漂亮的东西。他想象不到世界上还有什么其他东西能使他更舒服和满足了。"我是世界上最幸福的人。"他常常这样说。

有一年夏天，来自大海对面的一位伟人正在亚洲旅行。这人名叫所罗门，他是希腊雅典法律的制定者。他以智慧著称，他死后那么多年了，人们对一个博学者的最高称誉还是"像所罗门一样智慧"。

所罗门听说过克罗伊斯，因此，有一天，他到克罗伊斯美丽的宫殿里去拜访他。克罗伊斯此时比以前更幸福和骄傲了，因为世界上最智慧的人都到他这儿来做客了。他带领所罗门走进他的宫殿，给他看他的一间间宽大的房子，精美的地毯，柔软的沙发，华丽的家具以及各种图画和书籍。然后，他带他出去看他的花园、果园和马厩，并给他看他从世界各地收集来的许许多多奇异和漂亮的东西。

晚上，当最智慧的人和最富有的人在一起吃饭时，国王对客人说："哦，所罗门，现在请告诉我，你认为谁是世界上最幸福的人？"他希望所罗门说："克罗伊斯。"

智慧的人沉默了一下，然后说："我想到了一位曾经在雅典住过的穷人，名叫特勒斯。我毫不怀疑他是世界上最幸福的人。"

这不是克罗伊斯希望得到的回答，但他掩饰住自己的失望之情，又问道："为什么你这么想呢？"

"因为，"客人回答，"特勒斯是一个诚实的人，他多年以来一直辛

第三章 真正的仁慈

勤工作,养活自己的孩子,并给他们很好的教育。当他们长大了可以独立生活的时候,他就参加了雅典的军队,在为保卫雅典的战斗中勇敢地献出了自己的生命。你能找出一个比他更幸福的人来吗?"

"也许不能,"克罗伊斯回答说,并设法掩饰住了自己已经流露出了一半的失望之情。"那么,你认为谁是继特勒斯之后全世界最幸福的人呢?"他现在心里已确信所罗门会回答说:"克罗伊斯。"

所罗门说:"我想到了,我认识的两个希腊年轻人。他们很小的时候,父亲就去世了,家里很穷。他们像真正的男人一样,努力工作,支撑着整个家庭,并养活体弱多病的母亲。他们年复一年地辛勤工作,一心只想着让母亲感到幸福。当他们的母亲死后时,他们就把自己全部的爱都献给了自己的城邦雅典,终生全心全意地为她服务。"

克罗伊斯终于发火了。"你怎么能这么说呢?"他责问道,"你一点也不提我,你认为我的财富和权力一文不值吗?为什么你把这些劳劳碌碌的穷人置于世界上最富有的国王之上呢?"

"哦,国王,"所罗门说,"在你去世之前,没有人能预言你是不是幸福。因为没有人知道灾难是不是会降临到你的身上,没有人知道这些繁华之后会有什么样的不幸来临。"

许多年之后,亚细亚崛起了一位强有力的国王,名叫居鲁士。居鲁士国王有一支强大的军队,他征战各地,征服了许多王国,使它们附属于自己的巴比伦帝国。富甲天下的克罗伊斯国王也无法抵挡他那些强大的武士。于是,他的城邦就被占领了,美丽的宫殿被付之一炬,果园和花园被毁坏,珠宝也被抢走了,他本人则做了阶下囚。

"克罗伊斯这个人顽固不化,"居鲁士国王说,"他给我们带来了很多麻烦,使我们牺牲了很多优秀的战士。把他带来,我要处置他,给那些胆敢抵抗我们的小国王们树立一个榜样。"

于是,士兵们抓出了克罗伊斯,把他拖到市场上,非常粗暴地对待他。他们从原先那座漂亮的宫殿的废墟中捡来了一些枯枝和木块,堆成了很大的一堆。然后,他们把那位不幸的国王绑在中间,有一个人便跑出去找火把来点燃。

"我们马上能痛痛快快地看到大火烧身的景象了,"那些残酷的士兵说道,"他的那些财富现在对他一点用都没有了!"

可怜的克罗伊斯遍体鳞伤，躺在那堆木料上。没有一个朋友来安慰他的不幸，此时，他想起了多年前所罗门对他说过的那段话："在你去世之前，没有人能预言你是不是幸福。"他嘴里喃喃地说道，"哦，所罗门！哦，所罗门！所罗门！"

刚巧，居鲁士国王骑马经过此处，并且听到了他的喃喃之语。"他在说什么？"他问士兵们。

"他说，'所罗门！所罗门！所罗门！'"其中一个士兵回答。

国王于是骑马走近克罗伊斯，并问他："为什么你要叫所罗门的名字？"

起初，克罗伊斯沉默不语。但当居鲁士耐心地问了好多遍以后，他就把所罗门来到他宫廷访问的经过以及他曾经说过的话都告诉了他。

这个故事深深地触动了居鲁士。他思考着那段话："没有人知道灾难是不是会降临到你的身上，没有人知道这些繁华之后会有什么样的不幸来临。"他怀疑，有一天也许他也会失去他所有的权力，落到他敌人的手里。

"我明白了，"他说，"人难道不应该对处于不幸中的人表示仁慈和同情吗？我要像我希望别人对待我那样对待克罗伊斯。"于是，他下令给予克罗伊斯自由，并且从此以后一直对他待若上宾。

智慧感悟

本故事来自希腊历史学家希罗多德。克罗伊斯（公元前560—前546年）是小亚细亚吕底亚的国王，统治着一个富庶的王国。居鲁士国王出于仁慈，赦免了他的性命，这个传说说明了同情与正义之间的关系。这个故事也给我们上了关于金钱和权力究竟能不能给我们带来真正幸福的重要一课。

失败者的荣誉

1945年9月2日，日本投降仪式在美舰"密苏里"号上举行。上午9时，占领军最高司令道格拉斯·麦克阿瑟将军出现在甲板上，这是一个令全世界为之瞩目和激动的伟大场面。面对数百名新闻记者和摄影师，麦克阿瑟突然做出了一个让人吃惊的举动，有记者这样回忆那一历史时刻："陆军五星上将麦克阿瑟代表盟军在投降书上签字时，突然招呼陆军少将乔纳森·温斯特和陆军中校亚瑟·帕西瓦尔，请他们过来站在自己身后。1942年，温斯特在菲律宾、帕西瓦尔在新加坡向日军投降，两人都是刚从战俘营里获释，然后乘飞机匆匆赶来的。"

可以说，这个举动几乎让所有在场的人都惊讶，都嫉妒，都感动。因为他们现在占据着的，是历史镜头前最显要的位置，按说该属于那些战功赫赫的常胜将军才是，现在这巨大的荣誉却分配给了两个在战争初期就当了俘虏的人。麦克阿瑟为什么会这样做？其中大有深意：两人都是在率部苦战之后，因寡不敌众，没有援兵，且在接受上级旨意的情势下，为避免更多青年的无谓牺牲，才忍辱负重放弃抵抗的。在记录当时情景的一幅照片中，两位"战俘"面容憔悴，神情恍惚，和魁梧的司令官相比，体态瘦薄得像两株生病的竹子，可见在战俘营没少遭罪吃苦。

然而，在这位麦克阿瑟将军眼里，似乎仅让他们站在那儿还嫌不够，他做出了更惊人的举动——

"将军共用了5支笔签署英、日两种文本的投降书。第一支笔写完'道格'即回身送给了温斯特，第二支笔续写了'拉斯'之后送给帕西瓦尔，其他的笔完成所有手续后分赠给美国政府档案馆、西点军校（其母校）和其夫人……"

麦克阿瑟可谓用心良苦，他用特殊的荣誉方式向这两位尽职的落难者表示了尊敬和理解，向他们为保全同胞的生命而做出的个人名誉的巨大牺牲和所受苦难表示感谢……

智慧感悟

太多的人缺乏对"战俘"应有的同情、尊重和理解，而片面地强调用无谓的牺牲去换取面子上的安慰。其实很多时候我们更应该尊重人的生命，况且战俘绝不是叛变投敌。有勇气走上战场的人都梦想成为英雄，也都为国家尽了责任与义务，无奈的战俘也是英雄。

真正的仁慈

　　一个晴朗的夏日午后，山姆正从学校向家走去。他一边慢慢地向前走，一边认真地看着手里的书。

　　今天，他用自己全部的积蓄买了这本渴望已久的书，因此，他感到十分的快乐。

　　不一会儿，山姆便走上了公路。公路边上一个盲人向山姆请求："给我一些钱让我填填肚子吧。"但是山姆一文钱也没给他。

　　为什么？山姆居然不给这个可怜人一点东西？没错，记得我说过，他已花光了所有的积蓄。

　　山姆因此感到十分难过，不再有心情看书，他缓缓前行。很快，他便看见一辆豪华的马车飞驰过来，上面坐着哈里和他母亲。

　　盲人仍然站在路边，向来往的行人举着帽子。"我们给他一点钱吧！"哈里请求母亲。

　　他母亲于是取出几分钱，交给了哈里。可哈里并没有把钱递进盲人的帽子。

　　哈里用出吃奶的劲，把钱扔进了路边的树丛中。那个可怜人可找不到这些钱，因为我们都清楚，他什么也看不见。

　　山姆转身羡慕地看这辆马车，也看见了哈里扔钱的一幕。他正因不能帮助这个穷人而难过呢，于是赶忙跑过去，帮盲人一分一分地把钱全部找到。

　　这耽搁了山姆很长时间，使他几乎错过了晚饭。

　　你觉得这两个男孩中，谁的表现才是真正的仁慈呢？

　　我们能猜到那个穷人真正感激的是谁。

智慧感悟

真正的仁慈是发自内心的慈悲感和善念，真正的善行不需要形式上的华丽，当同情心演变成某种礼节上的表示时，仁慈已然变味。

战地天使

残酷的战争刚刚发生,克拉拉·巴东就对前线的战士充满担忧。她知道,伤病员们会被留在战场上,直到战事结束。她知道,这些伤病员直到什么时候才能被集中起来,送到医院——远离前线的后方医院里去。她知道,即使他们侥幸熬过了治疗耽误这一关,马车的激烈颠簸也会使他们没有包扎的伤口破裂。她知道,伤员们常常在到达医院前就流血致死。

内心对这种状况的伤痛促使她下定决心,要到战场上去,就在战场上,给这些人以帮助。第一步,她购买了一辆篷车。然后她在车上配备了一些药品和急救设施。然后再去见军队的将军。

她是一位身材瘦小的女人。对于在战场上纵横捭阖的指挥官来说,她并不像是战场上的好材料。事实上,她这个别出一格的想法着实让他大吃了一惊。

"巴东小姐,"他说,"你提的要求绝对不能得到满足。"

"不过,将军,"她坚持着,"为什么这不可能呢?我自己会赶着马车上战场,为战士们做一些力所能及的事。"

将军摇着头,"战场不是女人能去的地方,你忍受不了那种艰苦的生活。我们正在竭尽全力为战士们做好一切工作。别人再也不能做什么了。"

"我能,"克拉拉·巴东大声说。然后,就像刚刚走进这间屋子一样,她又从头到尾向将军描述了一遍她准备在战场上提供急救帮助的计划。

这种见面进行了很多次,一次次的拒绝并没有使她灰心。最后,指挥官妥协了。克拉拉·巴东得到了一张通过封锁线的通行证。

在整个内战期间,她为她遇见的每个人提供帮助。她不停顿地劳作着。有一次,她几乎没有休息,连续为一排伤员工作了五天五夜。她的名字渐渐成了军队里的一个代号,一个爱和感激的代号。

政府也看到了她实际取得的成绩,慢慢对她采取了合作的态度。军队提供了更多的篷车,并让更多的士兵来给她赶车。她能提供的医疗帮助也越来越多了。但对于勇敢的巴东小姐来说，这仍然是一场极为艰苦的战斗。

战争结束了，别人都以为克拉拉·巴东会好好地休息一下，但那些不幸的人经受的痛苦却无法使她忘怀，她们不知道自己的丈夫、父亲、兄弟究竟发生了什么。她决心去寻找那些失踪的士兵，并把他们的消息告诉给他们的家属。这项工作她做了很长时间。

她已亲眼见过战争了。她知道战争会对战场上的男人做些什么，她也知道战争对后方的家庭意味着什么。当她听说有一位名叫让·亨利·杜南特的瑞士人有一个帮助战争中士兵的计划的时候，马上就去瑞士帮助他。杜南特建立了一个名叫红十字会的组织。这个组织的工作人员都佩戴白底红字的红十字标志，以便人们很容易辨认他们。他们被允许自由出入战场，可以帮助所有的士兵，不论他们属于哪种国籍、民族或宗教。

这时，克拉拉·巴东心里又有了一个新的想法。她回到美国，说服美国政府与其他22个国家一起加入这个为战争中的士兵提供帮助的国际红十字会组织，给它提供资金和物资的帮助。

但克拉拉·巴东对这个伟大的红十字会计划有一点自己的想法，那就是《美国人修正案》。

"人类还面临着许多其他灾难，"她说，"地震，水灾，森林大火，虫灾，龙卷风。这些灾难突然来临，造成许多人伤亡，还使许多人无家可归。红十字会应该对这些人伸出援助之手，不论这些灾难发生在何处。"

今天，国际红十字会为全世界数以亿万计的人提供帮助，这个伟大的主意就出自克拉拉·巴东。她那伟大的勇气、伟大的爱和伟大的仁慈将永远受人尊敬。

智慧感悟

克拉拉·巴东由于在美国内战时为伤员所做的工作，被称为战地天使。她是美国红十字会的创建人，是慈善事业最伟大的开创者之一。从她身上，人们读懂了真正的爱。这种爱仿佛朝圣者心中的圣火一般，将在千千万万个人身上，不断延续下去……

第三章　真正的仁慈

奴隶与狮子

　　从前在罗马，有一位贫穷的奴隶，名叫安德鲁克里斯。他的主人是一个残酷的人，对他很不好，以致安德鲁克里斯最终逃走了。

　　他在一处原始森林里躲了好多天。找不到任何食物，他一天比一天病弱，他想，他活不了多长了。于是，有一天，他爬进了一个山洞，在里面躺了下来，不久，他就睡着了。

　　过了一会儿，他被一阵很大的声音吵醒了。一只狮子来到了他的洞里，大声吼叫着。安德鲁克里斯怕极了，他想，狮子肯定会把他吃掉的。但是，不久他就发现，狮子不仅没有吃他，而且还一瘸一瘸的，腿好像受了伤。

　　于是，安德鲁克里斯壮起胆子，抓住了狮子受伤的那只爪子，看看究竟发生了什么事。狮子静静地站着，用他的头蹭着安德鲁克里斯的肩膀。他好像在说："我知道你会帮助我的。"

　　安德鲁克里斯把狮子的爪子抬了起来，看到有一根长长的尖刺刺在了里面，使它伤得不轻。他用两根指头抓住刺的一头，快速、用力地把刺拔了出来。狮子高兴极了，像狗一样跳了起来，用舌头舔着他新朋友的手和脚。

　　现在，安德鲁克里斯已不怎么害怕了。夜晚来临的时候，他和狮子就一起背靠背地睡在了洞里。

　　在很长的一段时间里，狮子每天都给安德鲁克里斯带来食物，两人成为了亲密无间的好朋友，安德鲁克里斯发现自己的新伙伴是一个非常令人快乐的家伙。

　　一天，一队士兵经过这座森林，发现了躲在洞里的安德鲁克里斯。他们知道他是什么人，便把他抓回罗马去了。

　　那时候的法律规定，任何一个从主子那儿逃走的奴隶都必须与一只饥饿的狮子决斗。他们把一只狮子关了起来，不给它吃一点东西，并定好了决斗的时间。

决斗那天来到了，成千上万人聚集过来，一起来看热闹。那时他们去的那个地方就像今天的人在一起看马戏或棒球比赛的地方。

门开了，可怜的安德鲁克里斯被带了进来。他几乎快被吓死了，因为他已能隐隐约约地听到狮子的吼声了。他抬头向四周看看，成千上万个人的脸上没有一丝同情的表情。

狮子冲进来了，它一个跨步就跳到了这位可怜的奴隶面前。安德鲁克里斯大叫一声，不过不是因为害怕，而是高兴。因为那只狮子正是他的老朋友——那只山洞里的狮子。

等待着看狮子吃人好戏的观众充满了好奇。他们看到安德鲁克里斯双手抱着狮子的脖子，狮子则躺在他的脚下，深情地舔着他的双脚。他们看到那头庞大的野兽用头蹭着奴隶的头，那么的亲密无间。他们不知道究竟是怎么一回事。

过了一会儿，他们要求安德鲁克里斯向他们解释事情的原委。于是，安德鲁克里斯双手抱着狮子的头，站在这些人的前面，向他们讲述了他和狮子一起在洞里生活的故事。

"我是一个人，"他说，"但从来没有人像朋友一样对待过我。唯独这只可怜的狮子对我好，我们像亲兄弟一样相亲相爱。"

周围的人还不是很坏，这时候，他们已不能再对这位可怜的奴隶下狠心了。"给他放生，让他自由！"他们喊着，"给他放生，让他自由！"

另外还有人喊："也给狮子自由！把他们都放了！"

就这样，安德鲁克里斯获得了自由，狮子也随他一起获得了自由。他们一起在罗马住了很多年。

智慧感悟

奴隶安德鲁克里斯身处困境，忍受着残酷的待遇，仍不忘对一头凶猛的狮子表示同情，他最终赢得了意外的回报。诗人埃米利·迪金森提醒我们，同情之心增加了我们生命的意义。他在诗中曾这样吟咏：如果我能让一颗心免于破碎/我就没有白活/如果我能为一个痛苦的生命带去抚慰/减轻他的伤痛和烦恼/或让一只弱小的知更鸟/回到自己的鸟巢/我就没有白活。

善行填满贫瘠的心灵

这个老故事可以常常听到,它是如此严肃,并且意义深远,其中的道理是经得起时间的考验的。

在第二次世界大战结束之后不久,整个欧洲都在毁坏的状态中。这也许是最悲哀的一个画面,一个小小的孤儿,在战火蹂躏的街道中挨饿受冻。在伦敦一个寒冷的早晨,一个美国士兵正要回到军营。在转过街头时,看见一个六七岁的小男孩,站在糕饼店外面,鼻子紧贴着玻璃橱窗。这个饥饿的男孩静静地注视着面包师揉面团做甜甜圈。

士兵停下他的吉普车,下了车,然后安静地走到小孩站的地方。小男孩隔着热气蒸腾的橱窗,注视着那些令人垂涎欲滴的糕点。士兵动了恻隐之心,于是他问:"小朋友,你想要吃一些吗?"小男孩吓了一跳,他望着这个高大的美国人,并且大声说:"喔,是的,先生,我要!"士兵安静地走了进去,买了一打甜甜圈。他微笑着,提着袋子,转向那孩子,然后说:"这是你的。"当他转身离开,他感觉到他的外套被拉住了。他停下来看着男孩,却听见他问:"先生,你是上帝吗?"

很显然,这个士兵不是上帝,但是他真的是个无名英雄。他是个鼓励者,他向孩子显现了,这世界上还是有亲切并且仁慈的人。有一点无法否认的是,那孩子将永远不会忘记,那个无名的善良士兵曾经帮助他了。

休谟说:"人类生活的最幸福的心灵气质是品德善良。"一个心地善良的人,必是一个心灵丰足的人,同时,善良的举动也会带给他人内心的感动和震撼。有时,善良的表现还会给自己不可思议的回报。

汉森太太的善良,就曾让她享受到了涌自内心的惊喜。

森林被皑皑白雪覆盖着,寒风从松树间呼啸而过。汉森太太和她的三个孩子围坐在火堆旁,她倾听着孩子们说笑,试图驱散自己心头的愁云。

一年以来,她一直用自己无力的双手努力支撑着家庭,但日子一直很艰难，正在烧烤的那只青鱼是他们最后的一顿食物。当她看着孩子们的时候，凄苦、无助的内心充满了焦虑。

几年前，死神之手带走了她的丈夫。她可怜的孩子杰克离开森林中的家，去遥远的海边寻找财富，再也没有回来。

但直到这时她都没有绝望。她不仅供应自己孩子的吃穿，还总是帮助穷困无助的人。虽然她的日子过得也很艰难，但她相信在上帝紧锁的眉头后面，有一张微笑的脸！

这时门口响起了轻轻的敲门声和嘈杂的狗吠声。小儿子约翰跑过去开门，门口出现了一位疲惫的旅人，他衣冠不整，看得出他走了很长的路。陌生人走进来，想借宿一晚，并要一口吃的。他说："我已经有一天没吃过东西了。"这让汉森太太想起了她的杰克，她没有犹豫，把自己剩余的食物分了一些给这位陌生人。

当陌生人看到只有这么一点点食物时，他抬起头惊讶地看着汉森太太，"这就是你们所有的东西？"他问道，"而且还把它分给不认识的人？你把最后一口食物分给一位陌生人，不是太委屈你的孩子了吗？"

她说："我们不会因为一个善行而被抛弃或承受更沉重的苦难。"泪水顺着她的脸庞滑下，"我亲爱的儿子杰克，如果上帝没有把他带走，他一定在世界的某个角落。我这样对待你，希望别人也这样对待他。今晚，我的儿子也许在外流浪，像你一样穷困，要是他能被一个家庭收留，哪怕这个家庭和我的家一样破旧，他一样会感到无比温暖的。"

陌生人从椅子上跳起，双手抱住了她，说道："上帝真的让一个家庭收留了你的儿子，而且让他找到了财富。哦！妈妈，我是你的杰克。"

他就是那杳无音信的儿子，从遥远的国度回来了，想给家人一个惊喜。的确，这是上帝给这个善良母亲最好的礼物。

智慧感悟

一个人在帮助别人时，就相当于做了感情的投资，别人对于你的帮助会永远记在心中，只要一有机会，他们就会主动报答。只要有一颗善良的心，必会换来另一份感恩之情。

带去缕缕阳光

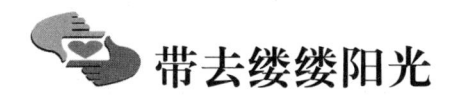

以前,有一位女孩,名叫玛丽。她有一位年纪很大的老奶奶,头发都白了,脸上也布满了皱纹。

玛丽的父亲在山上有一栋大房子。

每天,太阳都从南边的窗户里射进来。房子里的每件东西都亮亮的,漂亮极了。

奶奶住在北边的屋子里。太阳从来照不进她的屋子。

一天,玛丽对她的父亲说:"为什么太阳照不进奶奶的屋子呢?我想,她也是喜欢阳光的。"

"太阳公公的头探不进北边的窗户。"她父亲说。

"那么,我们把房子转个个吧,爸爸。"

"房子太大了,不好转。"她爸爸说。

"那奶奶就照不到一点阳光了吗?"玛丽问。

"当然了,我的孩子,除非你给她带一点进去。"

从那以后,玛丽就想啊想啊,想着如何能带一点阳光给她奶奶。

当她在田野里玩耍的时候,她看到小草和花儿都向她点头。鸟儿一边从这棵树跳到那棵树,一边唱着甜美的歌儿。

世间万物好像都在说:"我们热爱阳光。我们热爱明亮、温暖的阳光。"

"奶奶肯定也喜欢的,"孩子想,"我一定要带一点给她。"

一天早晨,她在花园里玩时,看到了太阳温暖的光线照到了她金色的头发上。然后,她低下头,看到衣摆上也有阳光。

"我要用衣服把阳光包住,"她想,"然后把它们带进奶奶的屋子。"于是,她跳了起来,跑进了奶奶的屋子。

"看,奶奶,看!我给你带来了一些阳光!"她叫着。然后,她打开了她的衣服,可是看不到一丝阳光。

"孩子，阳光从你的双眼里照出来了，"奶奶说，"它们在你金色的头发里闪耀。有你在我身边，我不需要阳光了。"

玛丽不懂为什么她的眼睛里可以照出阳光。但她很愿意让奶奶高兴。

每天早上，她都在花园里玩耍。然后，她跑进奶奶的屋子里，用她的眼睛和头发，给奶奶带去阳光。

智慧感悟

寄予同情就像馈赠其他礼物一样。重要的是内心的感受。当你为别人表达出一片善意时，人们会感觉到心灵有阳光在普照。让我们多给他人带去阳光吧！

第四章

谦虚使人进步

"月盈则亏,水满则溢。"这是自然界的道理;"谦受益,满招损。"这是人世间的常情。不管一个人的才华多么出众,但如果他喜欢自我炫耀、骄傲自大都必然招致别人的反感,最终吃大亏而不自知。而那些本领不高却狂妄自大的"半瓶醋",则更加令人贻笑大方了。

范蠡功成身退

越王勾践平定吴国以后，引兵北上，与齐国、晋国会盟徐州，并且得到周平王的封赏，一时号称霸王。

范蠡虽然是越国的上将军，辅佐越王勾践前后二十余年，对勾践的雪耻复国屡建奇功，越国百姓对他又十分崇敬，可是他仍然心事重重。一天，大夫文种问他：

"眼下越国威震天下，号称霸王，你我官至上卿，功名盖世，为何闷闷不乐？"

"你哪里知道！"

范蠡苦笑着说：

"俗语道'飞鸟尽，良弓藏；狡兔死，走狗烹'。勾践这个人是长颈鸟喙，只可与他共患难，不能与他共安乐……大名之下，难于久居！我已决定离开勾践，你也该想想出路……"

"恐怕你是庸人自扰吧？哈，哈，哈……"

大夫文种对范蠡的忧虑毫不在意，说笑了一阵走开了。

第二日，范蠡给越王勾践送上一份辞呈，说：

"臣闻主忧臣劳，主辱臣死。昔者君王受辱于会稽，臣所以不死，为的是复仇雪耻。今日君王已经达到目的，臣请君王赐死……"

勾践读罢辞呈，气恼地说：

"难道范蠡不相信寡人？我打算将越国分一半给他，他若是真生疑心，我真要加诛于他！"

范蠡心知勾践对自己并非真心实意，早晚要加罪于他。于是偷偷带上宝物珠玉，与心腹亲信乘船从海路逃走……

范蠡在齐国海边落脚之后，改名换姓，自称鸱夷子皮，耕种滩涂，劳身苦作，治理产业。几年工夫就成了当地的首富。

齐国大夫听说他的贤名和才能，派人请他去做齐国的相国，可是他谢绝了。范蠡喟然长叹道：

"居家则致千金，居官则至卿相，此乃布衣之极也。久受尊名不祥……"

范蠡不去当相国，就不便在此处久居，于是，他又把家财分给知友、乡亲，只带些值钱的珠宝，迁移到陶地，自称为陶朱公。不久，他又成为当地的富豪，家资巨万，远近闻名。

自从范蠡不辞而别以后，大夫文种很觉孤单，又见勾践日夜享乐，不像从前那样敬重自己，有点心灰意懒，常常称病不朝。于是有人向勾践进谗言说：

"大夫文种自恃有功，倨傲不朝，背地里勾结私党，企图叛乱……"

越王勾践把一把宝剑赐给文种，命令道：

"你教寡人七种计谋征服吴国，寡人只用了其中三种就打败了吴国。还有四种计谋留在你那儿，我命令你去替我死去的先王谋划吧……"

大夫文种悔恨地说：

"这都怪我不听范蠡的劝告啊……"

言毕，愤然自尽了。

智慧感悟

俗话说："有功而能谦者豫；有才而恃显者辱。"懂得韬光养晦，是一种处世智慧。

范蠡深知"飞鸟尽，良弓藏；狡兔死，走狗烹"的道理，所以，功成身退，保住了自己的性命，这正是范蠡在做人处世上高人一等的谋略。而大夫文种不听范蠡的劝告，贪恋权位，对越王勾践的残忍和胸怀认识不足，结局是饮剑身亡。历史上，类似范蠡和文种的事例还有许多，但范、文二人的经历及其命运是最有代表性的。因此，急流勇退，并不失英雄本色。

谦虚才能达到更高境界

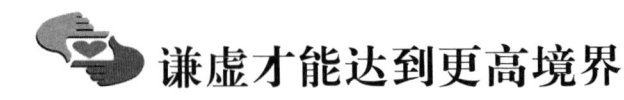

柳公权，中国唐代著名的书法家，"柳体"的创立者。他创立的柳体和临写的《玄秘塔》直至今天仍然是人们学习、临摹的权威性字帖。

柳公权自幼聪明好学，特别喜欢写字，到了十四五岁便能写出一手好字，经常受到老师的表扬。日子久了，他心里美滋滋的，不知不觉就骄傲起来，以为天下"唯我独尊"了。

有一天他和几个伙伴们玩耍，玩什么好呢？这个说捉迷藏，那个说摔跤，柳公权说：

"不行，不行，咱们还是比比谁的字写得好吧！"

于是大家只好同意，便在大树下摆了一张方桌，比了起来。

柳公权很快写了一篇，心想：我肯定是第一了，谁能比得过？心里这样想着，脸上也显露出扬扬得意的神情，这时，从东面走过来一位卖豆腐的老汉，这老汉早看出了柳公权的傲气，决定给他泼点儿冷水。他说：

"让我看看。"

他挨着个看了一遍说：

"你们的字都不怎么样。"

这对柳公权来说，真如晴天打了个响雷，他长这么大还从未有人说过他的字不好呢，他便追问：

"我的字到底怎么样？"

"也不好。你的字就像我担子里的豆腐，软塌塌的，没筋没骨的。"老汉说。

柳公权一听老汉的评价，马上不服气地说：

"我的字不好，那么请你写几个让我瞧瞧！"

老汉笑道：

"我一个卖豆腐的，你跟我比有什么出息。城里有一个用脚写字的人，比你用手写的强几倍呢，如果不服气，你去瞧瞧吧。"

第二天，柳公权带着满肚委屈和狐疑进城了。到了城里一打听就找到了。就在前面不远的一棵大树上，挂着一块白布，上面有三个大字：字画汤。树底下，许多人正围在一起低头瞧着地下。柳公权急忙跑过去一看：确实是一位老人已失去双臂，正坐在地上用脚写字呢。只见地上铺着纸，他用左脚压着一边，用右脚的大拇指和二拇指夹住毛笔，运转脚腕，一排遒劲的大字便出现在人们的眼前。众人一阵喝彩："好，好！"

柳公权都看呆了，真是不看不知道，山外有山，天外有天啊！自己有完整的手臂，还赶不上人家用脚写的，更有甚者，还骄傲自满，自以为天下第一了，惭愧，惭愧。

想到这里，柳公权来到无臂老人面前，双膝跪倒，说道：

"先生，请受徒儿一拜，请您教我写字吧。"

无臂老人推辞道：

"我一个残废人，能教你什么，只是混口饭吃罢了。"

柳公权说：

"请您不要推辞了，您收下我，我就不起来！"

这老者见他情辞恳切，心里一动，说道：

"你要实在想学，那么你就照着这首诗练下去吧。"

说罢，老人又用脚铺开一张纸，挥毫写下一首诗：

写尽八缸水，墨染涝池黑，

博取众家长，始得龙凤飞。

这首诗，是无臂老人一生练字的真实写照。那意思是说练字的辛苦，用尽了八缸水，染黑了涝池水，博取众家之长，虚心学习，才有今天这苍劲有力的龙飞凤舞。

柳公权是个聪明人，早已领略了这诗中的寓意，他不但懂得了写字必须勤写勤练，虚心学习，更懂得了做人亦不能恃才傲物，否则将一事无成。

他怀着不可名状的感激之情，接过了老人的诗，急切又羞愧地回到了家。打这以后，他从不在人前炫耀自己，每日里挥毫泼墨，练笔不止，悉心研究揣摩名人字帖，最终练成流传千古的"柳体"。

智慧感悟

古人语："五岳之外，尚有山尊；至人之上，亦有圣人。"意思是说，五岳够高的了，但世界上比五岳高的山脉还有很多；至人在道德方面的修养已经够全面了，却还有比他有着更高境界的圣人存在于世。

世界之大，无奇不有。一个人的能力和本事总是有限的。有道是人上有人，天外有天。柳公权的明智之处在于他在高人面前马上能修正自己的错误认识。所以，他回到家里，勤学苦练，使柳氏书法自成一体。现实生活中，不知天高地厚、自以为是的人比比皆是，自己本来是一只井底之蛙，却又在妄自大，不肯向别人虚心学习，这种人甭说在事业上有长进，就是守业也是很艰难的。智者对什么事情都会保持谦恭的态度，平静的心态，这样才有利于自己事业的发展。

第四章　谦虚使人进步

夸富导致破产的沈万三秀

沈万三秀是明朝初年江苏昆山一带有名的大富翁。他原名沈富，因当时民间习惯将名门望族中的人称作"秀"，连上姓名和排行，因此他又被称作沈万三秀。至于其中再嵌上一个"万"字，则是因为他拥有万贯家财。

沈万三秀竭力向刚刚建立的明王朝表示自己的忠诚，拼命地向新政府输银纳粮，讨好朱元璋，想给他留个好印象。

朱元璋于是下令要沈万三秀出钱修金陵的城墙。沈万三秀负责的是从洪武门到西门一段，占金陵城墙总工程量的三分之一。沈万三秀不仅按质量提前完了工，还提出由他出钱犒劳士兵。

沈这样做，本来也是想讨好朱元璋，但没想到弄巧成拙。朱元璋一听，当即火了，他说：

"朕有百万雄师，你犒劳得了吗？"

沈没听出朱的弦外之音，面对如此诘难，他居然毫无难色，表示：

"即使如此，我依旧可以犒赏每位将士银子一两。"

朱听了大吃一惊。在与张士诚、陈友谅、方国珍等武装割据集团争夺天下时，朱元璋就曾经由于江南豪富支持敌对势力而吃尽苦头。现在虽已建国，但国强不如民富，这使朱感到无法忍受。如今沈竟然僭越，想代天子犒赏三军，仗着富有将手伸向军队，更使朱元璋火冒三丈。

但他没马上表露出怒意，只是沉默一下，冷言道：

"军队朕自会犒赏，这事儿你就不必操心了。"

朱决意治治沈的骄横之气。

一天，沈又来大献殷勤，朱给了他一文钱。

朱说："这一文钱是朕的本钱，你给我去放债。只以一个月作为期限，第二日起至第三十日止，每天取一对合。"

所谓"对合"是指利息与本钱相等。也就是说,朱元璋要求每天利息为百分之百,而且是利滚利。

沈虽然浑身珠光宝气,但腹中空空,财力有余,智慧不足。他心想,这有何难!第二天本利 2 文,第三天 4 文,第四天才 8 文。区区小数,何足挂齿?于是沈非常高兴地接受了任务。

可是,他回家仔细一算,不由得傻眼了,虽然到第十天本利总共也不过 512 文,可到第二十天就变成了 524288 文,而到第三十天也就是最后一天,总数竟高达 536870912 文。要交出 5 亿多文钱,沈只能倾家荡产了。

后来,沈果然倾家荡产,朱下令将沈家庞大的财产全部抄没后,又下旨将沈全家流放到云南边地。

智慧感悟

大富翁沈万三秀的失败在于让金钱烧昏了头。他为了讨好皇上朱元璋,在出资出力完成部分金陵城墙的修筑任务后,又向皇上提出由他出钱犒劳士兵。没想到,这个马屁拍错了地方,朱元璋大为恼火,国强不如民富,这还了得?于是朱元璋的一个小计谋便让沈万三秀倾家荡产了。

沈万三秀的人生败局在于他缺乏应有的谦和之道,只知道以富自夸,这样的富翁心灵上是贫瘠的,最终逃脱不了让人耻笑的命运。

苏东坡显才被贬谪

苏东坡在湖州做了三年官,任满回京。想当年因得罪王安石,落得被贬的结局,这次回来应投门拜见才是。于是,便往宰相府来。

此时,王安石正在午睡,书童便将苏轼迎入东书房等候。

苏轼闲坐无事,见砚下有一方素笺,原来是王安石两句未完诗稿,题是咏菊。苏东坡不由笑道:

"想当年我在京为官时,此老笔数千言,不假思索。三年后,正是江郎才尽,起了两句头便续不下去了。"

把这两句念了一遍,不由自主地叫道:

"呀,原来连这两句诗都是不通的。"

诗是这样写的:

"西风昨夜过园林,吹落黄花满地金。"

在苏东坡看来,西风盛行于秋,而菊花在深秋盛开,最能耐久,随你焦干枯烂,却不会落瓣。一念及此,苏东坡按捺不住,依韵添了两句:

"秋花不比春花落,说与诗人仔细吟。"

待写下后,又想如此抢白宰相,只怕又会惹来麻烦;若把诗稿撕了,不成体统。左思右想,都觉不妥,便将诗稿放回原处,告辞回去了。

第二天,皇上降诏,贬苏轼为黄州团练副使。

苏东坡在黄州任职将近一年,转眼便已深秋,这几日忽然起了大风。风息之后,后园菊花棚下,满地铺金,枝上全无一朵。苏东坡一时目瞪口呆,半晌无语。此时方知黄州菊花果然落瓣!不由对友人道:

"小弟被贬,只以为宰相是公报私仇。谁知是我错了。切记啊,不可轻易讥笑人,正所谓吃一堑长一智呀。"

苏东坡心中含愧,便想找个机会向王安石赔罪。想起临出京时,王安石曾托自己取三峡中峡之水用来冲阳羡茶，由于心中一直不服气，早把取水一事抛在脑后。现在便想趁冬至节送贺表到京的机会，带着中峡水给宰相赔罪。

此时已近冬至，苏轼告了假，带着因病返乡的夫人经四川进发了。在夔州与夫人分手后，苏轼独自顺江而下，不想因连日鞍马劳顿，竟睡着了。及至醒来，已是下峡，再回船取中峡水又怕误了上京时辰，听当地老人道："三峡相连，并无阻隔。一般样水，难分好歹。"便装了一瓷坛下峡水，带着上京去了。

上京来先到相府拜见宰相。

王安石命门官带苏轼到东书房。苏轼想到去年在此改诗，心下愧然。又见柱上所贴诗稿，更是羞惭，倒头便跪下谢罪。

王安石原谅苏轼以前没见过菊花落瓣。待苏轼献上瓷坛，童儿取水煮了阳羡茶。

王安石问水从何来，苏东坡道：

"巫峡。"

王安石笑道：

"又来欺瞒我了，此明明是下峡之水，怎么冒充中峡。"

苏东坡大惊，急忙辩解道误听当地人言，三峡相连，一般江水，但不知宰相何以能辨别。

王安石语重心长地说道：

"读书人不可轻举妄动，定要细心察理，我若不是到过黄州，亲见菊花落瓣，怎敢在诗中乱道？三峡水性之说，出于《水经补注》，上峡水太急，下峡水太缓，唯中峡水缓急相伴，如果用来冲阳羡茶，则上峡味浓，下峡味淡，中峡浓淡之间，今见茶色半晌方见，故知是下峡水。"

苏东坡敬服。

王安石又把书橱尽数打开，对苏东坡言道：

"你只管从这二十四厨中取书一册，念上文一句，我答不上下句，就算我是无学之辈。"

苏东坡专拣那些积灰较多，显然久不观看的书来考王安石，谁知王安石竟对答如流。

苏东坡不禁折服：

"老太师学问渊深，非我晚辈浅学可及！"

苏东坡乃一代文豪，诗词歌赋，都有佳作传世，只因恃才傲物，口出妄言，竟三次为王安石所屈，从此再也不敢轻易讥诮他人。

智慧感悟

大智若愚是才智技艺达到精湛圆熟的最高境界。一个人才智越高，越有学问，见闻越广博，往往是更加谦虚谨慎，处处收敛锋芒，从不炫耀和显示自己。越是才智浅薄的人，一知半解，怕别人瞧不起自己，往往就喜欢卖弄，但喜欢卖弄的人一般都是不受欢迎的人。难怪古训语："山以高移，谷以卑安；恭则物服，骄则必挫。"苏东坡三次被屈之后才弄明白了一个道理：学无止境，君子当以谦逊为本。这也是他日后成为一代文豪的必由之路和制胜法宝。

恃才自傲反被聪明误

三国时著名才子杨修是曹营的主簿，他是有名的思维敏捷的官员和有名的敢于冒犯曹操的才子。刘备亲自打汉中，惊动了许昌，曹操也率领四十万大军迎战。曹刘两军在汉水一带对峙。曹操屯兵日久，进退两难，适逢厨师端来鸡汤。见碗底有鸡肋，有感于怀，正沉吟间，夏侯惇入帐禀请夜间号令。

曹操随口说："鸡肋！鸡肋！"

人们便把这作号令传了出去。行军主簿杨修即叫随行军士收拾行装，准备归程。夏侯惇大惊，请杨修至帐中细问。

杨修解释说："鸡肋者，食之无肉，弃之有味。今进不能胜，退恐人笑，在此无益，来日魏王必班师矣。"

夏侯惇也很信服，营中诸将纷纷打点行李。曹操知道后，怒斥杨修造谣惑众，扰乱军心，便把杨修给斩了。

后人有诗叹杨修，其中有两句是："身死因才误，非其欲退兵。"这是很切中杨修之要害的。

原来杨修为人恃才傲物，数犯曹操之忌。曹操兵出潼关，到蓝田访蔡邕之女蔡琰。蔡琰字文姬，原是卫仲道之妻，后被匈奴掳去，于北地生二子，作《胡笳十八拍》，流传入中原。曹操深怜之，派人去赎蔡琰。匈奴王惧曹操势力，送蔡琰还汉朝。曹操把蔡琰许配董祀为妻。曹操当日去访蔡琰，看见屋里悬一碑文图轴，内有"黄绢幼妇，外孙齑臼"八个字。曹操问众谋士谁能解此八字，众人都不能答。只有杨修说已解其意。曹操叫杨修先未说破，让他再思解。告辞后，曹操上马行三里，方才省悟。原来此含隐语"绝妙好辞"四字。曹操也是绝顶聪明的人，却要行三里才思考出来，可见急智捷才远不及杨修。

曹操曾造花园一所。造成后曹操去观看时，不置褒贬，只取笔在门上写一"活"字。

杨修说："'门'内添活字，乃阔字也。丞相嫌园门阔耳。"

于是翻修。曹操再看后很高兴，但当知是杨修析其义后，内心已忌杨修了。又有一日，塞北送来酥饼一盒，曹操写"一盒酥"三字于盒上，放在台上。杨修入内看见，竟取来与众人分食。曹操问为何这样？杨修答说，你明明写"一人一口酥"嘛，我们岂敢违背你的命令？曹操虽然笑了，内心却十分厌恶。

曹操怕人暗杀他，常吩咐手下的人说，他好做杀人的梦，凡他睡着时不要靠近他。一日他睡午觉，把被蹬落地上，有一近侍慌忙拾起给他盖上。曹操跃起来拔剑杀了近侍。大家告诉他实情。他痛哭一场，命厚葬之。因此众人都以为曹操梦中杀人，只有杨修知曹操的心，于是便一语道破天机。

凡此种种，皆是杨修的聪明犯着了曹操：杨修之死，植根于他的聪明才智。

智慧感悟

"聪明过露者德薄，才华太盛者福浅。"南北朝时的傅昭曾警示世人懂得"藏拙"的可贵。

杨修之死，给后人留下了重要的启示。第一，越是有才华的人越要沉稳，不可恃才自重，更不可把才华露尽。如果你的领导是庸才，你就更要多加小心，切不可处处表现你比领导高明，领导需要你给出主意的时候，你最好在私下里把你的主意透露给领导一些，在你的启发下，他豁然开朗，这时候你就退到后面。这时，你必须守口如瓶，领导才能喜欢你。第二，不管在什么场合，你一个人看明白了的事情，最好不要点破。有很多事情都是在朦胧的状态下才好看，你一点破了，就失去了神秘的色彩。比如说鸡肋，杨修如果不说破，哪里会有杀身之祸？当然，冰冻三尺，非一日之寒。是杨修的才华和他的性格，决定了他的悲剧结局。

第五章

宽容是最绅士的报复

> 雨果曾经这样告诉我们:"世界上最宽阔的是海洋,比海洋更宽阔的是天空,比天空更宽阔的是人的心灵。"懂得宽容,才不会对自私、虚伪、嫉妒、狂傲感到失望,才会用宏大的气量去感受相逢一笑泯恩仇的快乐。

宽容是一种风度

丘吉尔在退出政坛后，有一次骑着一辆脚踏车在路上闲逛。这时，也有一位女士骑着脚踏车，从另一个方向疾驶而来，由于刹不住车，最后竟撞到了丘吉尔。"你这个糟老头到底会不会骑车？"这位女士恶人先告状地破口大骂："骑车不长眼睛吗？……""对不起！对不起！我还不太会骑车。"丘吉尔对那位女士的恶行恶状并不介意，只是不断地向对方道歉，"看来你已经学会很久了，对不对？"这位女士的气立刻消了一半，再仔细一看，他竟然是伟大的首相，只好羞愧地说道："不……不……你知道吗？我是半分钟之前才学会的……教我骑的就是阁下。"

有位智者曾说："几分容忍，几分度量，终必能化干戈为玉帛。"丘吉尔的智慧确实令人惊叹，然而更令人敬佩的却是他那宽以待人的风度。他用智慧宽恕了别人，也为自己创造了一个融洽的人际环境。如果他不采取这种方式，而是针锋相对，又会怎样呢？结果可想而知。

三国时，诸葛亮初出茅庐，刘备称之为"如鱼得水"，而关、张兄弟却未然。在曹兵突然来犯时，兄弟俩便"鱼"呀"水"呀地对诸葛亮冷嘲热讽，诸葛亮胸怀全局，毫不在意，仍然重用他们。结果新野一战大获全胜，使关、张兄弟佩服得五体投地。如果诸葛亮当初跟他们一般见识，争论纠缠，势必造成将帅不和，人心分离，哪能有新野一战和以后更多的胜利呢？

韩国总统金大中正式就职后，公开在总统府招待了曾经迫害过他的四位前任韩国总统。他以具体行动化解了政治仇恨，展现了伟大的恕人之道。在轰动一时的光州大审中，他曾被政府判处死刑，当时他曾立下遗嘱，要求他的家人和同志不要报仇，让政治迫害就到此为止。他宽广的心胸、伟大的情操令无数世人尊敬。

宽容是一种风度。当然宽恕伤害自己的人不是一件容易做到的事，要把怨气甚至仇恨从心里驱赶出去，的确是需要极大的勇气和胸襟。

就像一本书上说的，一个人的心如同一个容器，当爱越来越多的时候，仇恨就会被挤出去，人不需要一味地、刻意地去消除仇恨，而是不断用爱来充满内心、用关怀来滋润胸襟，仇恨自然没有容身之处。

一个匈牙利的骑士，被一个土耳其的高级军官俘获了。这个军官把他和牛套在一起犁田，而且用鞭子赶着他工作。他所受到的侮辱和痛苦是无法用文字来形容的。因为那个土耳其军官所要求的赎金是出乎意外地高，这位匈牙利骑士的妻子变卖了她所有的金银首饰，典当出去他们所有的堡寨和田产，他们的许多朋友也捐募了大批金钱，终于凑齐了这个数目。匈牙利骑士算是从羞辱和奴役中获得了解放，但他回到家时已经是病得支持不住了。

没过多久，国王颁布了一道命令，征集大家去跟犹太教的敌人作战。这个匈牙利骑士一听到这道命令，再也安静不下来。他无法休息，片刻难安。他叫人把他扶到战马上，气血上涌，顿时就觉得有气力了，而后向胜利驰去。他把那位曾把他套在轭下、羞辱他、使他痛苦万分的将军变成了他的俘虏。那个土耳其军官，已经是俘虏的土耳其人现在被带到他的堡寨里来，一个钟头后，那位匈牙利骑士就出现了。他问这个俘虏说："你想到过你会得到什么待遇吗？""我知道！"土耳其人说，"报复！但是我怎样做你才能饶恕我呢？""一点也不错，你会得到一个犹太教徒的报复！"骑士说，"耶和华的教义告诉我们爱我们的同胞，宽恕我们的敌人。上帝本身就是爱！放心地回到你的家里，回到你的亲爱的人中间去吧。不过请你将来对受难的人温和一些，仁慈一些吧！"这个俘虏忽然大哭起来："我做梦也想不到能够得到这样的待遇！我想我一定会受到酷刑和痛苦的折磨。因此我已经服了毒，过几个钟头毒性就要发作。我必死无疑，一点办法也没有！不过在我死以前，请再让我听一次这种充满了爱和慈悲的教义。它是这么的伟大和神圣！让我怀着这个信仰死去吧！让我作为一个犹太教徒死去吧！"他的这个要求得到了满足。

智慧感悟

如果你不理解什么是宽容，读到这里，也许你会感悟：紫罗兰将香气留在踩扁它的脚踝上，这就是宽容。

最绅士的报复

"我一定要报复他,我要让他从心底感到后悔。"菲力普气得满脸通红,不停地咕哝着。他想得出了神,以至于没发现正在找他的史蒂芬。

史蒂芬问道:"谁?你要报复谁呀?"菲力普如梦方醒,抬头一看,见是自己的好朋友,便笑了起来。他说:"哦,你还记得我父亲送我的那截漂亮的竹条吗?你看,折成了现在这个样子。这都是农民罗宾逊的儿子干的!"

史蒂芬非常冷静地问他小罗宾逊为什么要折弄竹条。菲力普答道:"我刚才正走得好好的,边走边把竹条缠绕在身上玩。一不小心,它的一端脱了手。当时我在木桥边,正对着大门,那个小坏蛋在那儿放了一罐水,准备挑回家。刚巧,我的竹条弹回来把水罐打翻了,可并没有碎。就在我向他赔小心、道歉的时候,他跳过来就骂,毫不理会我的解释。他突然抓住我的竹条,你看嘛,都扭成这个样子了,我会叫他后悔的。"

史蒂芬说:"他的确是个坏孩子,为此,他已经受到了足够的惩罚,没人喜欢他,他几乎没什么伙伴,没什么娱乐,这是他活该。我想,这些足够作为你对他的报复了。"

菲力普答道:"事情虽是这样,但他弄坏了我的竹条,那么漂亮的竹条,那可是我父亲送给我的礼物啊?要知道,我只是无意间碰倒了他的罐子,我还说要帮他重新打满。我要报复。"

史蒂芬说:"好吧,菲力普。不过我认为你不理他会更好些。因为轻视就是你对他最大的报复了。"对了,我想起一个关于他的笑话。

有一次,他看到一只蜜蜂在花丛中飞来飞去,就想把它抓住再揪掉它的翅膀。可惜,他很倒霉,蜜蜂蜇了他一下又安全地飞进了蜂巢。他被疼痛激怒了,就像你现在这样,他发誓要报仇。于是,他找来一根棍子，朝蜂窝捅了几下。

刹那间，一群群的蜜蜂飞了出来，向他扑去，他浑身上下被蜇了几百次。他惨叫着，痛得在地上滚来滚去。他父亲闻讯赶来，也没赶走蜂群，他躺在床上休息了好几天。

你看见了，他的报复也没怎么得胜。所以，我劝你不要计较他的鲁莽。他是个坏家伙，比你厉害多了。真要报复的话，我怀疑你还没有他那点本事呢。

菲力普说："你的建议的确不错，那么跟我一起到我父亲那儿去吧，我想告诉他事情的真相，相信他不会生气的。"于是，他们去把整个事情的经过告诉了菲力普的父亲。菲力普的父亲非常感激史蒂芬给他儿子的忠告，并答应菲力普，他会再送他一根完全一样的竹条。

没过几天，菲力普碰见那个品行恶劣的男孩正挑着一担重重的木柴向家走去，结果跌在地上，爬不起来了。菲力普跑过去帮他放好木柴。小罗宾逊对他的援助感到非常愧疚，心里难受极了，他为以前的行为感到多么后悔啊！而菲力普欢欢喜喜地回家去了。他想："这是最绅士的报复，以德报怨，对此，我怎么可能感到后悔呢？"

智慧感悟

一般人总认为，做了错事得到报应才算公平。但英国诗人济慈说："人们应该彼此容忍，每个人都有缺点，在他最薄弱的方面，每个人都能被切割捣碎。"每个人都有弱点与缺陷，都可能犯下这样那样的错误。作为肇事者要竭力避免伤害他人，但作为当事人要以博大胸怀宽容对方，避免怨恨消极情绪的产生，消除人为的紧张，愈合身心的创伤。只有做到了宽以待人，豁达对事的人，才能享受到人生的最高境界。

杰克的尴尬

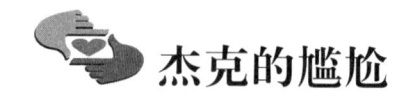

杰克斯讲了自己的一个经历：

上星期五我闹了一个笑话。我去伦敦买了点东西。我是去买圣诞节礼物的，也想为我大学的专业课找几本书。那天我是乘早班车去伦敦的，中午刚过不久我要买的都买好了。我不怎么喜欢待在伦敦，太嘈杂，交通也太挤，此外那天晚上我已经做好了安排，于是我便搭乘出租汽车去滑铁卢车站。说实在的，我本来坐不起出租车，只是那天我想赶3：30的火车回去。不巧碰上交通堵塞，等我到火车站时，那趟车刚开走了。我只好待了一个小时等下趟车。我买了一份《旗帜晚报》，漫步走进车站的校部。在一天的这个时候校部里几乎空无一人，我要了一杯咖啡和一包饼干——巧克力饼干。我很喜欢这种饼干。空座位有的是，我便找了一个靠窗的。我坐下来开始做报上登载的纵横填字游戏。我觉得做这种游戏很有趣。

过了几分钟来了一个人坐在我对面，这个人除了个子很高之外没有什么特别的地方。

可以说他样子很像一个典型的城里做生意的人——穿一身暗色衣服，带一个公文包。

我没说话，继续边喝咖啡边做我的填字游戏。忽然他伸过手来，打开我那包饼干，拿了一块在他咖啡里蘸了一下就送进嘴里。我简直难以相信自己的眼睛！我吃惊得说不出话来。不过我也不想大惊小怪，于是决定不予理会。我总是尽量避免惹麻烦。我也就拿了一块饼干，喝了一口咖啡，再回去做我的填字游戏。

这人拿第二块饼干时我既没抬头也没吱声。我假装对游戏特别感兴趣。过了几分钟我不在意地伸出手去，拿来最后一块饼干，瞥了这人一眼。他正对我怒目而视。

我有点紧张地把饼干放进嘴里，决定离开。正当我准备站起身来走的时候，那人突然把椅子往后一推，站起来匆匆走了。我感到如释重负，准备待两三分钟再走。我喝完咖啡，折好报纸站起身来。这时，我突然发现就在桌上我原来放报纸的地方摆着我的那包饼干。

我刚才喝的咖啡马上都变成了汗水流了出来……

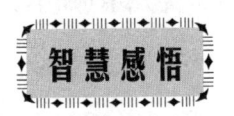

智慧感悟

不论在什么情况下，当我们要责怪别人的时候，一定要先检讨自己，搞清真相，即使责任在对方，我们也可以采取更宽容些的态度。

宽容赢得友谊

1754年,身为上校的华盛顿率领部下驻防亚历山大市。当时正值弗吉尼亚州议会选举议员,有一个名叫威廉·佩恩的人反对华盛顿所支持的候选人。

据说,华盛顿与佩恩就选举问题展开了激烈的争论,说了一些冒犯佩恩的话。佩恩火冒三丈一拳将华盛顿打倒在地。当华盛顿的部下跑上来要教训佩恩时,华盛顿急忙阻止了他们,并劝说他们返回营地。

第二天一早,华盛顿就托人带给佩恩一张便条,约他到一家小酒馆见面。

佩恩料想必有一场决斗,做好准备后赶到酒馆。令他惊讶的是,等候他的不是手枪而是美酒。

华盛顿站起身来,伸出手迎接他。华盛顿说:

"佩恩先生,人非圣贤,孰能无过。昨天确实是我不对,我不可以那样说,不过你已然采取行动挽回了面子。如果你认为到此可以解决的话,请握住我的手,让我们交个朋友。"

从此以后,佩恩成为了华盛顿的一个狂热崇拜者。

唐朝的李靖,曾任隋炀帝时的郡丞,最早发现李渊存图谋天下之意,亲自向隋炀帝检举揭发。李渊灭隋后要杀李靖,李世民反对报复,再三请求保他一命。后来李靖驰骋疆场,征战不疲,安邦定国,为李家王朝立下赫赫战功。魏徵曾鼓动太子建成杀掉李世民,李世民同样不计旧怨,量才重用,使魏徵觉得"喜逢知己之主,竭尽力用",也为唐王朝立下了丰功。不念旧恶,是赢得人心的一种很好的艺术。

"人非圣贤,孰能无过?"当我们有对不起别人的地方时,多么渴望能得到对方的谅解啊!又多么希望对方把这一段不愉快的往事忘记啊！那么，将心比心，我们为什么不能用宽厚的态度去对待他人呢？王安石对苏东坡的态度，应当说，也是有那么一点"恶"的。他当宰相的时候，因为苏东坡与他政见相左，借故将苏东坡降职，贬官到了黄州。

然而，苏东坡胸怀大度，他根本不把这事放在心上，更不念旧恶。王安石从宰相的位子上垮台后，两人的关系反倒好了起来。他不时写信给隐居金陵的王安石，或共叙友情，互相勉励，或讨论学问，十分投机。苏东坡由黄州调往汝州时，还特意到南京看望王安石，受到了热情接待。二人结伴同游，促膝谈心。临别时，王安石嘱咐苏东坡：将来告退时，要来金陵买一处田宅，好与他永做睦邻。苏东坡也满怀深情地感慨道："劝我试求三亩田，从公已觉十年迟。"两人一扫嫌隙，成了知心朋友。

只要我们宽厚待人，将会得到对方的感激，而在日后的生活中获益。美国第三任总统杰斐逊与第二任总统亚当斯从恶交到宽恕就是一个生动的例子。杰斐逊在就任前夕，想去白宫告诉亚当斯，他希望针锋相对的竞选活动并没有破坏他们之间的友谊。但据说杰斐逊还来不及开口，亚当斯便咆哮起来："是你把我赶走的！是你把我赶走的！"从此两人没有交谈达数年之久，直到后来杰斐逊的几个邻居去探访亚当斯，这个坚强的老人仍在诉说那件难堪的事，但接着冲口说出："我一直都喜欢杰斐逊，现在仍然喜欢他。"

邻居把这话传给了杰斐逊，杰斐逊便请了一个彼此皆熟悉的朋友传话，让亚当斯也知道他的深重友情。后来，亚当斯写了一封信给他，两人从此开始了美国历史上最伟大的书信交往。

这个例子告诉我们，宽容是一种多么可贵的精神，多么高尚的人格。宽容意味着理解和通融，是融合人际关系的催化剂，是友谊之桥的紧固剂。宽容还能将敌意化解为友谊。戴尔·卡耐基在电台上介绍《小妇人》的作者时心不在焉地说错了地理位置。其中一位听众就写信来骂他，把他骂得体无完肤。他当时真想回信告诉她："我把区域位置说错了，但从来没有见过像你这么粗鲁无礼的女人。"但他控制了自己，没有向她回击，他鼓励自己将敌意化解为友谊。他自问："如果我是她的话，会像她一样愤怒吗？"他尽量站在她的立场上来思索这件事情。他打了个电话给她，再三向她承认错误并表达道歉。这位太太终于表示了对他的敬佩，希望能与他进一步深交。

智慧感悟

宽容是解除疙瘩的最佳良药，宽广的胸襟是交友的上乘之道，宽容能使你赢得朋友友谊。

宽容打开爱的大门

哲人说，宽容和忍让的痛苦，能换来甜蜜的结果。这话千真万确。古时候有个叫陈嚣的人，与一个叫纪伯的人做邻居。有一天夜里，纪伯偷偷地把陈嚣家的篱笆拔起来，往后挪了挪。这事被陈嚣发现后，心想，你不就是想扩大点地盘吗，我满足你，他等纪伯走后，又把篱笆往后挪一丈。天亮后，纪伯发现自家的地又宽出了许多，知道是陈嚣在让他，他心中很惭愧，主动找上陈家，把多侵占的地统统还给了陈家。

《寓圃杂记》中记述了杨翥的两件小事。杨的邻人丢失了一只鸡，指桑骂槐被姓杨的偷去了。家人告知杨翥，杨说："又不只我一家姓杨，随他骂去。"又一邻居，每遇下雨天，便将自家院中的积水排放进杨翥家中，使杨家深受脏污潮湿之苦。家人告知杨翥，他却劝解家人："总是晴天干燥的时日多，落雨的日子少。"

久而久之，邻居们被杨翥的忍让感动。后来，一伙贼人密谋欲抢杨家的财宝，邻人们得知后，主动组织起来帮杨家守夜防贼，使杨家免去了这场灾祸。

忍让和宽容说起来简单，可做起来并不容易。因为任何忍让和宽容都是要付出代价的，甚至是痛苦的代价。人的一生谁都会常常碰到个人的利益受到他人有意或无意的侵害。为了培养和锻炼良好的心理素质，你要勇于接受忍让和宽容的考验，即使感情无法控制时，也要管住自己的大脑，忍一忍，就能抵御急躁和鲁莽，控制冲动的行为。如果能像陈嚣、杨翥那样再寻找出一条平衡自己心理的理由，说服自己，那就能把忍让的痛苦化解，产生出宽容和大度来。

智慧感悟

生活中有许多事当忍则忍,能让则让。忍让和宽容不是懦怯胆小,而是关怀体谅。忍让和宽容是给予,是奉献,是人生的一种智慧,是建立人与人之间良好关系的法宝。一个人经历一次忍让,会获得一次人生的亮丽,经历一次宽容会打开一道爱的大门。

气量是一种修养

气量是一种情操，更是一种修养。只有拥有"雅量"的人才真正懂得善待自己，善待他人，人生才会活出大境界。

《三国演义》中，有位英才盖世、文武双全的大英雄叫周瑜。这位当时很了不起的风度翩翩的美男子，年纪轻轻就执掌江东（吴国）的统兵大都督要职。尤其在赤壁大战中，他更显出叱咤风云、谋略高人、指挥得当的政治军事奇才。他居然以少量东吴和刘备之师，赢得大破曹操83万大军的辉煌胜利。在历史上，留下赫赫声名。据说，此人不仅披挂上马，能征善战，还能运筹帷幄决胜千里。他文韬武略堪称上乘，是位难得的英俊奇才。而且，周瑜还熟谙音律。据说他听音乐演奏时，若谁奏错一个音符，他即刻能耳辨明详。为此，当时有"曲有误，周郎顾"之说。当后人对周瑜其人的褒奖盛赞之际，也同时看到了这位早逝英才的两大致命弱点，那就是他的量窄和嫉才。

周瑜一生度量太窄，人人皆知。比如，在取得火烧赤壁大战成功后，竟容不下与他共同抗曹的诸葛亮的存在，并密令部将丁奉、徐盛击杀诸葛亮。不料孔明早有准备，密杀不成。为此，周瑜万分气愤。如此密除同盟，过河拆桥，实在让人心寒并为之可悲。

周瑜为什么容不下诸葛亮？原来，足智多谋的诸葛亮处处高周瑜一筹，尤其在关键时刻，事事想在周瑜之前，且能将周瑜内心活动看得入骨三分。唯其如此，才使得量窄、嫉才的周瑜寝食难安，并随时想除掉才智高于自己的诸葛亮。而孔明总先于周瑜谋害前就有了防备，这更使周瑜一次比一次恼怒于心。嫉才，欲加害孔明的结果，反把周瑜自己给活活"气死"。

有道是："人之将死，其言也善。"可周瑜在临死之前，非但未能悔悟自己的致命弱点，反而含恨仰天长叹曰："既生瑜，何生亮？"连叫数声而亡。可见量窄、嫉才之心，到死也不肯更改。怨天尤人之气，到盖棺也不肯丢。

所以，后人都评说周瑜是因量窄害了他自己。拿今人的话说，他是心胸狭窄，心理不健康，甚至是心理患疾所致。周瑜度量窄，嫉才、妒能，害人而最终害己的惨痛教训，给后人留下深刻的教训：作为一个心智健全的人，特别是一个希望逐渐完备自己人格的人，总是要有点雅量的。雅量，是衡量一个人成熟与否、修养程度高低的重要标尺之一。

《尚书》说："必定要有容纳的雅量，道德才会广大；一定要能忍辱，事情才能办得好！"如果有一点不如人，便勃然大怒；遇到一件不称心的事情，立即气愤感慨，这表示涵养欠缺，同时也是福气浅薄的人。

应该承认，有些高贵品格是普通人毕生企望但仍不可能达到的；可人的雅量却是完全能够通过修炼而得到的。

我们说，气量是一种高尚的人格修养，一种胸襟，一种大将风度。

唐代娄师德，气量超人，当遇到无知的人指名辱骂时，就装着没有听到。有人转告他，他却说："恐怕是骂别人吧！"那人又说，"他明明喊你的名字骂！"他说："天下难道没有同姓同名的人。"有人还是不平，仍替他说话，他说："他们骂我而你叙述，等于重骂我，我真不想劳驾你来告诉我。"有一天入朝时，因身体肥胖行动缓慢，同行的人说他："好似老农田舍翁！"娄师德笑着说："我不当田舍翁，谁当呢？"

清代中期，当朝宰相张廷玉与一位姓叶的侍郎都是安徽桐城人。两家毗邻而居，都要起房造屋，为争地皮，发生了争执。张老夫人便修书北京，要张廷玉出面干预。这位宰相到底见识不凡，看罢来信，立即做诗劝导老夫人："千里家书只为墙，再让三尺又何妨？万里长城今犹在，不见当年秦始皇。"张母见书明理，立即把墙主动退后三尺；叶家见此情景，深感惭愧，也把墙退后三尺。这样，张叶两家的院墙之间，就形成了六尺宽的巷道，成了有名的"六尺巷"。

宋朝宰相富弼，处理事务时，无论大事小事，都要反复思考，因为太过小心谨慎，因此就有人批评他、攻击他。有一天，就在他马上要上朝的时候，有人让一个丫鬟捧着一碗热腾腾的莲子羹送给他，并故意装作不慎打翻在他的朝服上。富弼对丫鬟说:"有没有烫着你的手?"然后从容换了朝服。这样的气量,能当不好宰相吗?

智慧感悟

人有一分气量,便有一分气质;人有一分气质,便多一分人缘;人有一分人缘,必多一分事业。虽说气量是天生的,但也可以在后天学习、培养。气量对人生的功名事业,至关重要!

第六章

忠诚，我们的立身之本

> 哲人说："一个民族的振兴需要忠诚的美德作为基石。"忠诚之于民族是如此，对于个人来说，更是如此，它是人一生中各种美德的基础，缺少忠诚的信念，用其他品质构筑的人生大厦就会岌岌可危。

我在你身边

有一个叫德诺的少年，十岁那年，他因输血不幸染上了艾滋病，伙伴们都躲着他，只有大他四岁的爱笛依旧像从前一样跟他玩耍。

一个偶然的机会，爱笛在杂志上看见一则消息，说新奥尔良的费医生找到了能治疗艾滋病的植物，这让他兴奋不已。于是，在一个月明星稀的夜晚，他带着德诺，悄悄地踏上了去新奥尔良的路。

为了省钱，他们晚上就睡在随身带的帐篷里，德诺的咳嗽多起来，从家里带来的药也快吃完了。这天夜里，德诺冷得直发抖，他用微弱的声音告诉爱笛，他梦见两百亿年前的宇宙了，星星的光是那么暗，他一个人待在那里，找不到回来的路。爱笛把自己的鞋塞到德诺的手上："以后睡觉，就抱着我的鞋，想想爱笛的臭鞋还在你手上，爱笛肯定就在附近。"

孩子们身上的钱差不多用完了，可离新奥尔良的路还很远。德诺的身体越来越弱，爱笛不得不放弃了计划，带着德诺又回到了家乡。爱笛依旧常常去病房看德诺，他们有时还会玩装死游戏吓医院的护士。

秋天的下午，阳光照着德诺瘦弱苍白的脸，爱笛问他想不想再玩装死的游戏，德诺点点头，然而这回，德诺却没有在医生为他摸脉时忽然睁开眼笑起来，他真的死了。

那天，爱笛陪着德诺的妈妈回家。两人一路无语，直到分手的时候，爱笛才抽泣着说："我很难过，没能为德诺找到治病的药。"

德诺的妈妈泪如泉涌："不，爱笛，你找到了。"她紧紧搂着爱笛，"你给了他快乐，给了他友情，给了他一只鞋，他一直为有你这个朋友而满足。"

生活中，我们需要的往往不是别的，只是一只鞋。需要我们给予别人的，也往往不是别的，也许只是一只鞋。它让我们知道，朋友就在身边，我们是永远被关心着、被疼爱着的。

在法军的同一支部队里有一对兄弟，其中一人被德军的子弹击中。幸免于难的另一人请求长官允许他去把他的兄弟背回来。

长官说："他可能已经死了，你冒着生命危险去把他的尸体背回来是没有用的。"

但在他的一再恳求下，长官同意了。就在那名士兵刚把他的兄弟背回到营地时，他那身负重伤的兄弟死去了。

长官说："看看，你冒死把他背回来真是毫无意义。"

但这名士兵回答道："不，我做了他所期望的事。我得到了回报。当我摸到他身边扶起他时，他说：'汤姆，我知道你会来的——我就是觉得你会来。'"

智慧感悟

这就是这个故事的主旨。有人期望我们做出高尚、出色而无私的举动，有人期望我们忠诚。

很多时候，我们所需要的只是一两句话，不过那话里有一颗真爱的心。

忠诚，我们的立身之本

文彬长得并不好看，学历也不太高，在一家房地产公司做电脑打字员。文彬的打字室与老板的办公室之间只隔着一块大玻璃，老板的举止她只要愿意就可以看得清清楚楚，但她很少向那边多看一眼，文彬每天都有打不完的材料，文彬知道工作认真刻苦是她唯一可以和别人一争短长的资本。她处处为公司打算，打印纸不舍得浪费一张，如果不是要紧的文件，她会把一张打印纸两面用。

一年后，公司资金运作困难，员工工资开始告急，人们纷纷跳槽，最后总经理办公室的工作人员就剩下她一个。人少了，文彬的工作量也陡然加重，除了打字，还要做些接听电话、为老板整理文件的杂活儿。有一天，文彬走进老板的办公室，直截了当地问老板："您认为您的公司已经垮了吗？"老板很惊讶，说："没有！""既然没有，您就不应该这样消沉。现在的情况确实不好，可很多公司都面临着同样的问题，并非只是我们一家。而且虽然您的2000万美元砸在了工程上，成了一笔死钱，可公司没有全死呀！我们不是还有一个公寓项目吗？只要好好做，这个项目就可以成为公司重振旗鼓的开始。"说完她拿出那个项目的策划方案。隔了几天，文彬被派去搞那个项目。2个月后，那片位置不算好的公寓全部先期售出，文彬为公司拿到3800万美元的支票，公司终于有了起色。

以后的4年，文彬作为公司的副总经理，帮着老板做了好几个大项目，又忙里偷闲，炒了大半年股票，为公司净赚了600万美元。

又过了4年，公司改成股份制，老板当了董事长，文彬则成了新公司第一任总经理。老板与相恋多年的女友终于结婚了，在婚礼上，新郎（老板）一定要请文彬为在场数百名员工讲几句话。

文彬说："我为公司炒股赢利了，许多炒股高手问我是如何成功的，我说一要用心，二没私心。"确实，很多人一面在为公司工作，一面在打着个人的小算盘，怎么能让公司赢利呢？世上有些道理本是相通的，比如，夫妻双方应该彼此忠诚，公司和员工也应该彼此忠诚。只有这样，家庭才能和顺，公司才能发达。我们在任何时候都不能失去忠诚，因为它是我们的做人之本。

智慧感悟

从文彬的身上，我们可以看到忠诚的魅力，它是一个人的优势和财富，它能换取他人的信任与坦诚，如果你有了忠诚的美德，总有一天，你会发现它会成为你巨大的财富。相反，如果你失去了忠诚，那你就失去了做人的原则，失去了成功的机会。

好狗贝克的忠诚

加拿大北海岸是一片冰雪世界。这天,当地医生葛林费尔突然发现信鸽雷西亚飞回来了,他从雷西亚脚上解下一封信,那是一个危重病人的家属写来的。病人在60多公里外的一个小镇上。在这个冰天雪地的世界,狗拉雪橇是最好的交通工具。他拿起药箱,奔出屋子。屋外的4条大狗一见到主人,马上摇头摆尾地围上来。"贝克、汉丝、拉脱、夏里,都跟我来!"

他驾上雪橇,朝冰原驶去。

忽然,四处传来冰层的断裂声。葛林费尔大声吆喝着,希望能赶在浮冰完全断裂前冲上对岸。4条狗也似乎察觉到危险,尽管浑身冒汗气喘吁吁,还是奋力拖拉着雪橇向前急驶。海岸已能看到了,他一阵欣喜。但是,就在此时,随着一连串"咔嚓咔嚓"的断裂声,雪橇"轰隆"一声,连人带狗一齐掉进冰冷的海水里。葛林费尔拔刀割断皮带,免得雪橇把他和狗拉入海底。4条狗和他一起游向就近一块有两张乒乓球桌大小的浮冰。但是,浮冰边缘太滑,冻僵的手使不上劲,一次次努力都失败了。他的一只手还紧紧抓住医疗箱的皮带。4条狗好像商量好似的,一齐游到他周围,咬住他的外衣,将他往浮冰上顶。他趁身子被抬高的一刹那,用力一撑,胳膊肘支上了浮冰。一眨眼,他整个身子都在浮冰上了。

葛林费尔马上把4条狗都拉上来。它们抖着身子,甩掉水珠,又一齐汪汪大叫,像是在庆祝脱险。葛林费尔全身湿透,感到越来越冷,起初是四肢发抖,接着全身都颤抖不止。他意识到如果不能将衣服迅速烘干,他将被活活冻死。4条狗依偎着他,但一点也不能减轻他身上的寒意。他想到了杀狗。这是极地居民在被暴风雪围困、饥寒交迫时常会做出的举动。但是,这四条狗救了他的命,他怎能下得了手呢?他快被冻僵了,生存的本能迫使他做出选择。

葛林费尔拿出锋利的手术刀，首先将夏里抓住，刀子往下一插，刀尖直中夏里的心脏。趁着那3条狗还没及时做出反应，他又拉住拉脱的脖子，手起刀落，把它杀了。贝克和汉丝惊恐地圆瞪双眼，死死盯住主人。光是这两条大狗的脂肪已足够点燃一堆篝火，但他的杀戮行为将会引起剩下的两条狗的戒备和反抗，如果不将它们杀掉，说不定突然之间，自己的喉咙就会被狗牙咬穿。葛林费尔看了一眼汉丝，这是一条母狗，它和贝克是最要好的一对。它此时也感到了他眼里的杀意，马上龇牙咧嘴低声咆哮着。他把刀藏在身后，一步一步地走向汉丝。他知道，贝克跟随自己的时间最长，感情也最深，可能一时不会攻他，但汉丝这条狗的自卫意识是很强的。果然，没等他靠近，汉丝已经朝他扑了过来。他向旁边一闪，左手夹住狗头，右手对准狗的心脏部位捅了一刀。蹲着的贝克猛地跳了起来，但它并没有扑向葛林费尔，只是不停地跳跃，在躲避他，喉咙里还发出既悲哀又愤慨的呜咽声。

葛林费尔的眼泪流了下来。他知道贝克在这种境地下还是不会做出叛逆的举动。但夏里和拉脱是它的亲兄弟，而汉丝是它最心爱的母狗，它亲眼目睹了它最亲近的同伴被杀死，很难保证它不生二心。他握着刀，又慢慢朝贝克移动。贝克是4条狗中最强壮的一只，如果它反抗起来，再多几个人也对付不了它。但是，贝克只是摇摇头，然后纵身跳下冰冷的海水，向另一块浮冰游去。它不愿就此被杀死，但还是不肯反抗主人，所以它唯一的选择只能是逃跑。

瞧着贝克在不断试图爬上20米开外的那块浮冰，葛林费尔的眼泪接连不断地涌出来。贝克终于爬上了浮冰，它抖掉身上的海水，站在那遥望着自己的主人。

葛林费尔用力把3张狗皮剥下来，脱下湿淋淋的衣服，将还有点温热的狗皮裹在身上。接着，把酒精浇在狗的脂肪上，用火石点燃。一个特殊的火堆熊熊燃起，火堆底下由狗的躯体隔着，免得火直接将浮冰烤化。他就着火烤了几块狗肉，半生不熟地吃下去，又割了几块生狗肉扔到贝克那边。贝克只是看了看，便掉头闪开了。这时一阵大风吹来，葛林费尔所在的这块浮冰向外海漂动的速度加快了。浮冰如果离开冰原太远，不是慢慢地融化，就是被汹涌的海浪打碎，他也会重新掉进冰冷的海水里冻死。他连忙用一根狗的腿骨当桨，努力向冰原划着，可仍不能阻止浮冰继续向外海移动。葛林费尔心里暗暗着急。只见贝克从对面的浮冰上跳入海中，游到这块浮冰前，用头顶着浮冰，四条腿用力猛蹬。向外海浮动的浮冰竟然停止了，然后又向冰原漂回。葛林费尔此时感动极了，同时还对贝克生有深深的愧疚。

浮冰慢慢地移动着，过了一会儿，他看见贝克的动作渐渐变缓，鼻子、嘴巴发青，知道它冻得快不行了，赶紧伸手想把它拉上来。贝克一摆头，躲过了他的手，他再把手伸过去，它又躲开了。他知道狗的脾气，只好暂且由它去了，只是加快了划桨的频率，希望尽快回到冰原，好让贝克早点上来。在贝克和他的共同努力下，浮冰终于靠上了冰原。葛林费尔赶紧将贝克捞上来，又抓起了药箱，纵身跳上冰原。他想把贝克抱在怀里，用自己的体温去温暖它。

但被它挣脱了。几乎冻僵的贝克稍一喘息，马上又艰难地站起来，歪歪扭扭地向远处走去，然后站稳下来，远远地望着他。葛林费尔又难过又愧疚，他知道贝克此刻仍对他心存戒备，生怕他也把它杀了。

经过了半小时，一架沿海岸巡逻的警用直升机发现了余烟缭绕的火堆，火堆旁还有一个人，警察立即把飞机降在附近。葛林费尔一见到向他走近的警察就说："快！快送我去救病人。"由于抢救及时，病人终于脱离了危险。

晚上，刚回到家的葛林费尔正疲惫不堪地歇息，听到大门口有响动，他疑惑地站起来，打开门一看，原来是贝克，它正半立着用爪子挠着门！他一把紧紧地将贝克搂住，心里同时责骂着自己：真该死！当时我只顾抢救病人，怎么就没有想到贝克还在冰原上！幸亏贝克身强体壮，没被冻死，而且它最终还是原谅了主人，又回到他身边！他心里一阵欣喜，又一阵惭愧，眼泪又一次淌下来。

贝克一边有气无力地摇动尾巴，一边伸出舌头来，舔着主人脸上的泪水……

第六章　忠诚，我们的立身之本

智慧感悟

　　好狗贝克对主人的忠诚，让人的心灵为之震颤。面对同伴被杀的处境，贝克经受着前所未有的考验。它最终对忠诚的选择，让人们看到了忠诚的本质内涵，那就是无论我们经受怎样的磨难，都不曾放弃心中最执着的信念。

花花公子的改变

又是一个烟雨蒙蒙的春天,丽娜随丈夫亨利驱车前往森林深处为杰里扫墓。杰里不是他们的亲人,而是亨利曾经喂养的一只猎狗。丽娜曾多次追问丈夫为什么会如此怀念一只狗,可他总是对往事闭口不谈,只淡淡地说杰里是他所见过的最优秀、最聪明的猎狗。可在丽娜的记忆里,每次扫墓时,丈夫似乎都会沉浸到痛苦的回忆中,他就像曾经做了错事而又为此付出代价似的,对自己充满了自责。杰里究竟发生了什么事呢?丽娜百思不得其解,可她觉得自己不能再袖手旁观,她想替丈夫分担痛苦,彻底消除积聚在他心中的不安。

当他们开车返回市区时,丽娜决定把握时机。"亨利,"她用不同寻常的坚定的口气说,"杰里到底出了什么事?无论如何,今天你得把一切原原本本地告诉我。"

亨利翕动着嘴唇半天说不出话来。终于,他开口说道:"亲爱的丽娜……我们的生活一直很幸福,但我却始终不敢告诉你杰里的故事。我怕一旦讲出实情,眼前的幸福就会化为泡影,而你也会离我而去……"

丽娜迅速地握住了丈夫的手:"亨利,相信我。我对你的爱绝对不会因为你的诚实而改变。"

亨利深情地对丽娜说:"亲爱的,你在我心中的分量无人能比,但在遇到你之前,在我的生活中也有一盏引航灯。它给了我希望,并赋予了我继续向前的力量。它就是杰里。"

"许多年前,"亨利低声对丽娜说,"我是一个放荡不羁的花花公子。那时的我狂妄自大,自私自利,做事从不关心他人的利益或感受。"

"一个偶然的机会,朋友送给我一只叫杰里的猎狗。一次,杰里把腿摔成了重伤,于是,我将它送到我的老同学罗林医生那里治疗。很快，杰里就在罗林的悉心照料下痊愈了，而罗林和他的妻子海伦也都喜欢上了它。此后，我们经常一起打猎。罗林对杰里的聪明和才能赞不绝口。我却对海伦的魅力迷恋不已。在我甜言蜜语的进攻下，她很快就成了我的俘虏。不久，我和她就相约从打猎途中悄悄溜掉，撇下蒙在鼓里的罗林独自打猎。"

"我和海伦很快就如胶似漆，陷入了疯狂而又危险的迷情中。一次，当我们正搂着对方亲吻时，我突然看见了杰里。它蹲在我们面前，一双棕色的大眼睛悲哀地盯着我。"

丽娜忍不住打断亨利的话，好奇地问："你是说，它在跟踪你，还一直监视着你？"

"的确如此，"亨利叹着气说，"不管我和海伦在哪里，只要我转过头去，杰里总是在远远的地方看着我们，眼睛里总是带着谴责和悲哀的神情。上帝呀，现在回想起来，杰里实际上是在和我说话呀，它在警告我。但在当时，我们已经在错误的轨道上越走越远，我们甚至想永远在一起。"

"但是，我们之间横亘着罗林。一旦他发现了我们的私情，后果将不堪设想。于是，我背着海伦想出了一个罪恶的计谋，打算让罗林永远在我们的生活中消失。"

"一天打猎时，罗林跟着一只鹿的踪迹钻进了一片松树林。突然，我意识到这是铲除罗林的最佳时机。如果在罗林开枪的同时我也开枪，一切都将在一秒钟内结束。没有人会怀疑这是场不正常的事故，海伦将是我最好的证人。于是，我缓缓举起枪瞄准了罗林。这时，一只麋鹿出现在我们的视野里。我抬起枪，耐心地等待着他开枪的那一刻。罗林终于抬起了枪。我将扳机扳到了底，在手指松开的刹那，我竟然看到杰里不可思议地跃到半空，然后随着枪声轰然倒地。"

"罗林迅速放下枪，转身看着我。'你也看见那只鹿了？'他说。然后，他看到了躺在地上的杰里。它已经断了气，可它血迹斑斑的眼睛仍盯着我。罗林悲伤地看着它，喃喃地说：'太可怕了！可怜的杰里……'我们无言地站着，最后罗林轻轻地说：'亨利，杰里肯定做了一个不可思议的跳跃，挡在了那颗子弹的前面。'"

"杰里死后，我收拾行装告别了罗林夫妇，也挥别了我荒唐的青春岁月。杰里的死让我看到了自己肮脏的灵魂，也促使我下定决心去尝试新的生活，而后来也真的得到了幸福。几十年来，我一直怀念着杰里。每当我站在杰里的墓前，我都会重新体会忠诚的含义。"

故事到此结束了。亨利充满愧疚地问妻子："亲爱的，知道这一切后，你还会爱我吗？"丽娜没说话，只是伸出手去紧紧抓住了丈夫的手臂。

当春天的烟雨再度洒落人间的时候，亨利和丽娜又来到了杰里的墓前。他们为杰里带来了一块小小的墓碑，上面刻着：我们最忠诚的朋友杰里安息在此，它却永远活在我们心中。——永远的朋友，亨利和丽娜。

智慧感悟

坚持正义，再肮脏的灵魂也会被洗净，一只猎狗所做出的一个不可思议的跳跃，却改变了一个花花公子的一生。这让我们看到了正义的力量，也知道对友谊忠诚的重要性。

第六章　忠诚，我们的立身之本

忠诚是一种风骨

某公司销售部的刘经理和董事会发生意见冲突，双方一直未能妥善处理，为此，刘经理耿耿于怀，准备跳槽到另一家竞争对手公司。

刘经理一方面是为了泄私愤，另一方面是为了向未来的"主子"表忠，想尽一切办法把公司的机密文件和客户电话全部透露给各市场经销商，使得市场乱成一团麻，并引发了很多市场纠纷，各地市场上的电话几乎将公司电话打爆。

这还不算，他还打电话给当地工商、税务部门，说公司的账目有问题，虽然最后查证没有问题，但毕竟给公司带来了很大的伤害。

刘经理带着满意的"成果"去向竞争对手公司邀功请赏，没想到遭受了一番冷遇，新老板见刘经理如此对待老东家，谁知道他以后会不会如法炮制，对待自己的公司呢？身边有这样的一个人，不就像是埋下了一个随时可以爆炸的定时炸弹吗？谁还敢用？自然不敢录用他。

忠诚变质的后果是摧毁自己诚信的防护墙，最终搬起石头砸自己的脚。一个出卖诚信的人，不会得到别人忠诚的回报。当你忠诚于你所做的一切时，你所得到的不仅仅是别人对你的更大的信任，有时你的所作所为还会使企图诱惑你的人感觉到你的人格力量。

克里丹·斯特是美国一家电子公司很出名的工程师。这家电子公司只是一个小公司，时刻面临着规模较大的比利乎电子公司的压力，处境很艰难。

有一天，比利乎电子公司的技术部经理邀斯特共进晚餐。在饭桌上，这位经理问斯特："只要你把公司里最新产品的数据资料给我，我会给你很好的回报，怎么样？"

一向温和的斯特一下子就愤怒了："不要再说了！我的公司虽然效益不好，处境艰难。但我绝不会出卖我的良心做这种见不得人的事，我不会答应你的任何要求。"

"好，好，好。"

斯特百思不得其解，不知"老对手"公司找他什么事。他疑惑地来到比利孚公司，出乎意料的是，比利孚公司总裁热情地接待了他，并且拿出一张非常正规的大红聘书——请斯特去公司做"技术部经理"。

斯特惊呆了，喃喃地问："你为什么这样相信我？"

总裁哈哈一笑说："原来的技术部经理退休了，他向我说起了那件事并特别推荐你。小伙子，你的技术水平是出了名的，你的正直更让我佩服，你是值得我信任的那种人！"

斯特一下子醒悟过来。后来，他凭着自己的技术和管理水平，成为了一流的职业经理人。

一个不为诱惑所动、能够经得住考验的人，不仅不会让他失去机会，相反会让他赢得机会。此外，他还能赢得别人对他的尊重。

莎士比亚说：忠诚你的所爱，你就会得到忠诚的爱。

恺撒大帝说：我忠诚我的臣民，因为我的臣民对我忠诚。

杰克·韦尔奇说：我忠诚我的员工，这是我对他们负有的责任。忠诚是相互的。如果缺乏对别人的忠诚，就别指望得到别人对你的忠诚。

因为做到忠诚必须有所坚持有所放弃。你所坚持的东西是你认为值得你珍惜的东西，而你所放弃的可能是对你诱惑最大的东西。并不是所有的人都能禁得住诱惑，也并不是所有的人都能分清哪些东西是值得珍惜的，哪些东西只是一种诱惑。

所以，做到忠诚就不是件容易的事，很少有人愿意放弃丰厚的诱惑，也很少有人对忠诚还能做到如此地坚持，尽管那是人性的光辉和亮点。所以，忠诚在今天显得弥足珍贵。不过，正如我们所说，忠诚更多意味的是对正确和真理或者是信念的一种坚持，这样的忠诚才是真正意义上的忠诚。因为，你所坚持的东西是值得你珍惜的东西。

智慧感悟

每个青少年终有一天要走向社会，面临职业的选择，对自己所从事的事业忠诚如一，是我们内心中的道德底线。

忠诚是一种义务；忠诚是一种操守；忠诚是一种职业良心；忠诚是一种美德；忠诚还是一种品格；忠诚更是一种风骨。

任何人都有责任去信守和维护忠诚，这是对自己所爱的人和所坚持的信念最大的保护。丧失忠诚，就是对良心最大的伤害，也是对自己品行和操守最大的亵渎。

任期16天的执政官

在离罗马城不远的一个小农场里住着一位名叫辛辛纳图斯的人。他曾经很富有,并且曾担任该地区的最高长官;但出于某种原因,他失去了所有的财富。他现在变得如此的贫穷,不得不亲自耕作农场。但在那些年代里,耕作被视为一种高贵的行为。

辛辛纳图斯十分睿智,每个人都信任他,并且时常向他请教问题。有人遇上麻烦而不知如何解决时,他的邻居就会对他说:"去找辛辛纳图斯,他会帮助你的。"

当时在离罗马不远的群山中住着一个好斗的半开化部落,他们一直与罗马为敌。他们说动了另一个勇猛的部落和他们合作,而后一路烧杀抢掠,直指罗马。他们声称能够撕破罗马的城墙,烧毁房屋,屠杀百姓,将妇女和儿童掠作奴隶。

十分自信且勇敢的罗马人一开始并不觉得有多危险。罗马城的每个男子都是战士,与强盗作战的军队是全球最出色的军队。罗马城里只剩下白发苍苍的"元老",他们是罗马城的法律制定者,另外还有一小队人守卫城墙。每个人都认为把山地部族赶回老家是件很容易的事情。

但一天早晨,五名骑兵从山那边沿路疾驰而归。他们疾行的速度极快,人和马都沾满了尘土和血迹。城门的守卫认出了他们,在他们飞奔进城时大声问他们:为什么跑得这样着急?罗马军队怎么了?

他们没有回答他,而是沿着寂静的街道继续向城里狂奔。大家都跟着他们跑,想知道究竟发生了什么事。罗马当时并不是一个很大的城市,很快他们就抵达了白发元老们所在的市场。他们跳下马说明了情况。

他们说:"就在昨天,当我们的军队正穿过两座陡峭的高山间的一条狭窄山谷时,突然一千来个野蛮人从我们面前和头顶的岩石后跳了

第六章　忠诚，我们的立身之本

出来。他们堵住了去路，而在这样狭窄的山谷里我们无法战斗。我们试图掉头，但他们把我们的后路也切断了。这些好斗的山地部族把我们前后围住，还从我们的头顶往下扔石块。我们陷入了埋伏。而后我们十个人快马加鞭往外冲，但只有五个人冲出了包围圈，另外五个人被他们用投枪击中落马。哦，罗马的元老们！赶快派人援救我们的军队，否则所有人都将被屠杀，我们的城市将被占领。"

白发的元老们问："我们该怎么办？除了守卫和男孩，我们还能派谁去？有谁能有足够的智慧来领军拯救罗马？"

大家都摇头，面色凝重，因为一切似乎都毫无希望。过了一会儿，有人说："去找辛辛纳图斯，他能帮我们。"

被派来找辛辛纳图斯的人急匆匆地赶到他的家时，他正在田里犁地。他停下手中的活，和气地跟他们打招呼，等着他们开口。

他们说："穿上你的斗篷，辛辛纳图斯，听候罗马人民的吩咐。"

辛辛纳图斯不知道他们什么意思。他问道："罗马没事吧？"他让他的妻子回家取他的斗篷。

她取来了斗篷，辛辛纳图斯用手掌和手臂拂去了上面的尘土，将它披在肩膀上。而后几位信使向他讲述了他们的使命。

他们告诉他，由全罗马最优秀的士兵组成的军队在山谷中陷入埋伏。他们告诉他罗马现在的处境有多么危险。而后他们说："罗马人民任命你做他们的统治者和罗马的统治者，你可以自由行事。元老们请求你立即动身前去抗击我们的敌人，那些好斗的山地部族。"

于是辛辛纳图斯把犁扔在了田里，急急赶往罗马城。当他经过街道，颁布行动命令时，一些人很担心，因为他们知道，他掌握了罗马的一切权力，可以为所欲为。但他将守卫和男孩武装起来，亲自带领他们前去抗击好斗的山地部族，将罗马军队从他们陷入的埋伏中解救了出来。

几天后，罗马城里一片欢欣鼓舞，因为辛辛纳图斯带来了好消息。山地部族被他们击败，遭受了巨大的损失。他们被赶回了老家。

辛辛纳图斯率领着罗马军队与男孩和守卫一起凯旋。他拯救了罗马。

辛辛纳图斯本可以自任国王，因为他的话就是法律，没有人胆敢冒犯他一丝一毫。但在人民还没来得及感谢他所做的一切时，他把权力还给了罗马的元老们，回到他的小农场上继续扶犁耕作。

他只当了16天罗马的执政官。

智慧感悟

这个关于罗马政治家和将军卢西斯·昆克图斯·辛辛纳图斯的故事发生于公元前458年，当时罗马正被意大利一个名叫"埃魁"的部落围困。它是让我们知道忠诚的公民在帮助国家时是不期望得到多少回报的最著名的例子之一。

从中我们明白，忠诚于自己的国家和人民，实际上是一种深沉的责任。

第七章

勤奋创造奇迹

　　人生中的任何一种成功的获得,都始于勤并且成于勤,没有一种成功是唾手可得的。一个人的发展与成长,天赋、环境、机遇、学识等外部因素固然重要,但更重要的是自身的勤奋与努力。没有自身的勤奋,就算是天资奇佳的雄鹰也只能空振双翅;有了勤奋的精神,就算是行动迟缓的蜗牛也能雄踞塔顶,观千山暮雪,渺万里层云。

水温够了茶自香

一个屡屡失意的年轻人千里迢迢来到普济寺，慕名寻到老僧释圆，沮丧地对他说："人生总不如意，活着也是苟且，有什么意思呢？"

释圆静静听着年轻人的叹息和絮叨，末了才吩咐小和尚说："施主远道而来，烧一壶温水送过来。"

不一会儿，小和尚送来了一壶温水，释圆抓了茶叶放进杯子，然后用温水沏上，放在茶几上，微笑着请年轻人喝茶。杯子冒出微微的水汽，茶叶静静浮着。年轻人不解地询问："宝刹怎么温茶？"

释圆笑而不语。年轻人喝一口细品，不由摇摇头："一点茶香都没有呢。"

释圆说："这可是闽地名茶铁观音啊。"

年轻人又端起杯子品尝，然后肯定地说："真的没有一丝茶香。"

释圆又吩咐小和尚："再去烧一壶沸水送过来。"

又过了一会儿，小和尚便提着一壶冒着浓浓白汽的沸水进来。释圆起身，又取过一个杯子，放茶叶，倒沸水，再放在茶几上。年轻人俯首看去，茶叶在杯子里上下沉浮，丝丝清香不绝如缕，望而生津。

年轻人欲去端杯，释圆作势挡开，又提起水壶注入一线沸水。茶叶翻腾得更厉害了，一缕更醇厚更醉人的茶香袅袅升腾，在禅房弥漫开来。释圆这样注了五次水，杯子终于满了，那绿绿的一杯茶水，端在手上清香扑鼻，入口沁人心脾。

释圆笑着问："施主可知道，同是铁观音，为什么茶味迥异呢？"

年轻人思忖着说："一杯用温水，一杯用沸水，冲沏的水不同。"

释圆点头："用水不同，则茶叶的沉浮就不一样。温水沏茶，茶叶轻浮水上，怎会散发清香？沸水沏茶，反复几次，茶叶沉沉浮浮，释放出四季的风韵：既有春的幽静夏的炽热，又有秋的丰盈和冬的清冽。世间芸芸众生，也和沏茶是同一个道理。也就相当于沏茶的水温度不够，想要沏出散发诱人香味的茶水是不可能；你自己的能力不足，要想处处得力、事事顺心自然很难。要想摆脱失意，最有效的方法就是苦练内功，提高自己的能力。"

年轻人茅塞顿开，回去后刻苦学习，虚心向人求教，不久就引起了单位领导的重视。

看完上面的故事，我们不禁记起另外一个几乎如出一辙的故事。

有一个自以为是全才的女郎，毕业以后屡次碰壁，一直找不到理想的工作，她觉得自己怀才不遇，对社会感到非常失望，因为她感到，是因为没有伯乐来赏识她这匹"千里马"。

痛苦绝望之下，她来到大海边，打算就此结束自己的生命。

在她正要自杀的时候，正好有一个老妇人从这里走过，救了她。老妇人就问她为什么要走绝路，她说自己不能得到别人和社会的承认，没有人欣赏并且重用她……

老妇人从脚下的沙滩上捡起一粒沙子，让女郎看了看，然后就随便地扔在地上，对女郎说："请你把我刚才扔在地上的那粒沙子捡起来。"

"这根本不可能！"女郎说。

老妇人没有说话，接着又从自己口袋里掏出一颗晶莹剔透的珍珠，也是随便扔在了地上，然后对女郎说："你能不能把这个珍珠捡起来呢？"

"这当然可以！"

"那你就应该明白是为什么了吧？你应该知道，现在你自己还不是一颗珍珠，所以你还不能苛求别人立即承认你，如果要别人承认，那你就要由沙子变成一颗珍珠才行。"

智慧感悟

有时候，我们要清醒地认识到自己努力得还不够，正如泡茶的水还不够滚烫，是泡不出一壶清香四溢的好茶的。相反，我们必须知道自己暂时只是一粒普通的沙子，而不是价值连城的珍珠。若要使自己卓然出众，那就要努力使自己成为一颗珍珠。

难以相信的成就

1917年10月,美国堪萨斯州罗拉镇的一家小农舍里,炉灶突然爆炸,一个8岁男童惨遭严重灼伤。医生告诉孩子的父母,因为这孩子双腿受害过甚,将来恐怕无法再行走了。

然而,这男孩却不这么想,他暗地下决心一定要再站起来。

男孩在床褥上躺了好几个月之后,终于可以下床了,可是他却连站立都无力。足足两年多之久,他才不过能伸直右腿而已,不过后来他终于能够拐着跛行。又过了数月,虽然时有剧烈阵痛,但他确能走路了。这时候他决定开始练跑,让腿上松弛的肌肉得以再健康起来。每天他都在农场上追逐牛马。数年之后,他的腿果然像以前一样强壮。

进入大学念书时,他经常参加田径赛,成了一名长跑选手,全心全力贯注于1英里赛跑。

在此之后就是他一生的运动史了。被医生判断此生无法再行走的这个男孩,不是别人,正是格连·康宁罕,美国前所未有的最伟大长跑选手之一,以及五项世界田径赛纪录的保持者。

美国海军陆战队上尉艾伦·琼斯,堪称世界上最强壮的人。1974年8月,27岁的琼斯上尉创造了连续仰卧起坐27003次的世界纪录。3年以后,又在76个小时内连续做了51000次仰卧起坐。他特有的耐力也许会使任何一个优秀的马拉松运动员惊叹不已:

他可以在48个小时内跑完199英里,跑完全程后,立即在不到10分钟内卧推100磅杠铃100次;在游泳池连续游泳15小时,而且前14小时还分别捆住手和脚;以每分钟1次的频率,挺举与体重相等的杠铃,连续举24小时;在20个小时内连续抓举75磅杠铃1602次;在35个小时内,游完100英里……

然而,就是这个琼斯,幼年时是个多病的孩子,在18个月时,一次扁桃体摘除手术险些使他丧命。5岁时他患过小儿麻痹症,以后又患了慢性气喘病。他甚至还有点先天性脊柱病——在高中学习时，有一次和同学们打赌，要跳过自动停车计时器，他跳过去了，但背部受了伤。医生曾断言："他今后再也不能进行举重和体力劳动了。"

可是，17岁的琼斯在痊愈后不久就开始了举重练习。

1972年，琼斯参观了慕尼黑奥运会。这次盛会唤起了他成为世界上最健壮的人的雄心。他发誓要创造出一些奇迹来。随后，他便开始了自己的训练。因为他相信自己的潜力，所以获得了成功。

智慧感悟

拿破仑信奉"世上没有不可能的事"，因此创造了许多奇迹。许多的"不可能"只是常规理论下的结论，也许是因为信心不足，努力不够，或是过高估计了困难。

别活在梦想里

一年夏天,一位来自马萨诸塞州的乡下小伙子登门拜访年事已高的爱默生。小伙子自称是一个诗歌爱好者,从7岁起就开始进行诗歌创作,但由于地处偏僻,一直得不到名师的指点,因仰慕爱默生的大名,故千里迢迢前来寻求文学上的指导。

这位青年诗人虽然出身贫寒,但谈吐优雅,气度不凡。老少两位诗人谈得非常融洽,爱默生对他非常欣赏。

临走时,青年诗人留下了薄薄的几页诗稿。

爱默生读了这几页诗稿后,认定这位乡下小伙子在文学上将会前途无量,决定凭借自己在文学界的影响大力提携他。

爱默生将那些诗稿推荐给文学刊物发表,但反响不大。他希望这位青年诗人继续将自己的作品寄给他。于是,老少两位诗人开始了频繁的书信来往。

青年诗人的信一写就长达几页,大谈特谈文学问题,激情洋溢,才思敏捷,表明他的确是个天才诗人。爱默生对他的才华大为赞赏,在与友人的交谈中经常提起这位诗人。青年诗人很快就在文坛上有了一点小小的名气。

但是,这位青年诗人以后再也没有给爱默生寄诗稿来,信却越写越长,奇思异想层出不穷,言语中开始以著名诗人自居,语气越来越傲慢。

爱默生开始感到了不安。凭着对人性的深刻洞察,他发现这位年轻人身上出现了一种危险的倾向。

通信一直在继续。爱默生的态度逐渐变得冷淡,成了一个倾听者。

很快,秋天到了。爱默生去信邀请这位青年诗人前来参加一个文学聚会。他如期而至。

在这位老作家的书房里,两人有一番对话:

"后来为什么不给我寄稿子了?"

"我在写一部长篇史诗。"

"你的抒情诗写得很出色,为什么要中断呢?"

"要成为一个大诗人就必须写长篇史诗,小打小闹是毫无意义的。"

"你认为你以前的那些作品都是小打小闹吗?"

"是的,我是个大诗人,我必须写大作品。"

"也许你是对的。你是个很有才华的人,我希望能尽早读到你的大作品。"

"谢谢,我已经完成了一部,很快就会公之于世。"

文学聚会上,这位被爱默生欣赏的青年诗人大出风头。他逢人便谈他的伟大作品,表现得才华横溢,锋芒咄咄逼人。虽然谁也没有拜读过他的大作品,即便是他那几首由爱默生推荐发表的小诗也很少有人拜读过。但几乎每个人都认为这位年轻人必将成大器。否则,大作家爱默生能如此欣赏他吗?

转眼间,冬天到了。

青年诗人继续给爱默生写信,但从不提起他的大作品。信越写越短,语气也越来越沮丧,直到有一天,他终于在信中承认,长时间以来他什么都没写。以前所谓的大作品根本就是子虚乌有之事,完全是他的空想。

他在信中写道:"很久以来我就渴望成为一个大作家,周围所有的人都认为我是个有才华有前途的人,我自己也这么认为。我曾经写过一些诗,并有幸获得了阁下您的赞赏,我深感荣幸。

使我深感苦恼的是,自此以后,我再也写不出任何东西了。不知为什么,每当面对稿纸时,我的脑中便一片空白。我认为自己是个大诗人,必须写出大作品。在想象中,我感觉自己和历史上的大诗人是并驾齐驱的,包括和尊贵的阁下您。

在现实中,我对自己深感鄙弃,因为我浪费了自己的才华,再也写不出作品了。而在想象中,我是个大诗人,我已经写出了传世之作,已经登上了诗歌的王位。

尊贵的阁下,请您原谅我这个狂妄无知的乡下小子……"

从此后,爱默生再也没有收到这位青年诗人的来信。

智慧感悟

爱默生告诫我们:"当一个人年轻时,谁没有空想过?谁没有幻想过?想入非非是青春的标志。但是,我的青年朋友们,请记住,人总归是要长大的。天地如此广阔,世界如此美好,等待你们的不仅仅是需要一对幻想的翅膀,更需要一双踏踏实实的脚!"

第七章 勤奋创造奇迹

自己动手的快乐

约翰从不爱买别人做的玩具，他更愿意自己动手，因为他对自己的工作非常感兴趣。

而他的一个玩伴，汤姆·奥斯汀则认为，除非是花很多钱买来的，否则那样的玩具一文不值。他也从未尝试过做任何玩具。

"快过来看我的木马，"有一天汤姆说，"为它我花了一美元，快来看，多漂亮啊！"

自己的好朋友汤姆能买到如此漂亮的木马，约翰非常羡慕。他仔细地观察着木马，看它是怎样做成的。当晚，他便开始动手为自己也做一匹木马。

他从自家的马棚里取出两块木料，一块用来做马头，另一块做马身。只用了两三天的时间，它们便变成了约翰满意的形状。

父亲送给他一块红色的皮革来做马缰绳，还拿了一些铜片来做马蹄。母亲找出一些旧毛线来做马鬃和马尾。

拿什么来做轮子呢？这下他可难住了。最后他想，或许可以到木工厂看一下，说不定那里有一些能用来做轮子的圆木头。

他在地板上找到了许多中意的木头。木匠问他拿这些木头干吗，他便对木匠说出了自己的想法。

"哦，"那人说，"要是这样，我很乐意为你做几个轮子，但你一定要记得做好后给我看一看。"约翰答应了，然后把轮子放进口袋，跑回了家。第二天晚上，他带着做好的木马去了木匠那里，木匠夸他是个小天才。

这样的赞美使他备感骄傲，他跑到汤姆那里高喊道："你瞧，这是我的木马！""哦，它真漂亮，你在哪儿买的？"汤姆问。"这不是买的，是我动手做的！"约翰回答道。"自己做的？的确很漂亮，不过还是不能与我的相比，我的木马值一美元，你的却分文不值。"

"可我在做这匹木马的时候很开心呀！"说完，约翰带着自己的木马走了。

想知道约翰后来怎么样了吗？告诉你吧，他学习非常刻苦，还拿到了班里的最高奖学金。离开校园后，他去了一家机械厂，虽然现在他还只是一名雇工，但我相信，将来他一定能拥有自己的工厂。

智慧感悟

朋友们，不管你今后从事的工作是怎样的卑微，你都应付之以艺术家的精神，应有十二分的热忱。这样，你就可以从平庸卑微的境况中解脱出来，不再有劳碌辛苦的感觉，你就能使你的工作成为乐趣，而厌恶的感觉自然会烟消云散。

少壮须努力

从前，有个流浪的艺人，虽然才四十几岁，但是骨瘦如柴，形容枯槁，医生诊断结果是肝癌晚期，临终前，他把年仅十六岁的独子找来，叮咛着："你要好好读书，不要像我少壮不努力，老来没成就。我年轻时好勇斗狠，日夜颠倒，烟酒都来，正值壮年就得了绝症。你要谨记在心，不要再走我的老路。我没读什么书，没什么大道理可以教你，但你要记住把'少壮不努力，老来没成就'这句话传下去。"

说完，他咽下最后一口气，十六岁的儿子却懵懵懂懂地站立一旁。

长大后，他儿子仍然在酒家、赌场闹事，有一次与客人起冲突，因出手过重而闹出人命，被捕坐牢。出狱后，人事全非，他觉得不能再走老路了，但是却无一技之长，无法找个正当的工作，只好下定决心，回到乡下，靠做一些杂工维生。

由于他年轻时无法体会父亲交代的遗言，耽误终身大事，年近半百才成婚。虽然年事渐长，逐渐能体会父亲临终前交代的话，但似乎为时已晚。他的体力一天不如一天，一年不如一年，面对着无法撑持起来的家，心里有着无限的忏悔与悲伤。

有个夜晚，他喝点酒，带着酒意，把十六岁的儿子叫到跟前。他先是一愕，这不就是当年十六岁的我啊！父亲临终前交代遗言的景象在脑海中显现，有些自责地喃喃自语：

"我怎么没把那句话听进去啊。"

说着，眼泪直滴脸颊，儿子站在面前，懂事地安慰着："爸爸，您喝醉了，早点休息吧！"

"我没有醉，我要把你爷爷交代我的话告诉你，你要牢牢记住。当年你爷爷临终时交代我不可以'少壮不努力，老来没成就'，我没听进去，也没听懂。结果我费尽一生才体会出这一句话的道理，但为时已晚。"

"这句话不是人人都知道吗？"

"是啊。但是，并不是每个人都愿意从年轻时就努力奋发向上。一定要年轻时就学好，不然老了就像我一无是处。你一定要认真对待这句话。希望你好好做人，将来儿孙都能成才，不必再把这句话当遗言交代了。"

智慧感悟

"少壮不努力，老大徒伤悲。"这是一句熟悉得有些老套的话，但是，尽管大人们一再提起，多数青少年还是没有懂，甚至听而不闻，实在可惜。因为这句话，不知是多少前人，在试练多少次失败后，所凝聚的一句真理。

勤奋造就优秀

查理和乔治年纪相当，也都算不上绝顶聪明的孩子。实际上，我认为他俩在天赋方面是不相上下的。然而查理是个勤奋的学生。很小的时候，他学习就很努力。要是遇到很难的课文，课间他都不休息，而是留在教室学习。他决心把学习当作自己的首要任务，然后才心安理得地去玩。他和别的孩子一样爱玩，也是最棒的玩伴。做游戏的时候，所有人都乐意同查理一伙。

尽管查理有时连课间也待在教室里，但只是在功课确实非常难的时候才会如此。平时，他总是最早冲到操场，也是第一个回到课堂。刻苦的学习使他更有玩耍的兴头，玩耍也给了他勤奋学习的兴致。因此课内课外他都很开心。他总能很好地完成功课，又从来不惹麻烦，老师怎么能不喜欢他呢？

在进大学的时候，老师强力推荐了查理。考试时，查理答上了所有的题目。他的中学成绩十分优秀，为大学做的准备也很充分，因此他觉得在大学赶上其他同学是件轻而易举的事情，此外还能有充足的时间阅读自己喜爱的书。

不过，他总是在做其他事之前先把功课学好，背课文前总会事先预习。当被点名起来背诵的时候，他总是从容不迫地站起来，几乎没出过错。校领导给予他很高的评价，全体同学也非常尊敬他。

学校里有一个由优秀学生组成的社团，查理入选了。按惯例，每年这个社团都要选出一名演讲代表，这项荣誉也授予了他。他如此勤奋，读书阅读面又宽，因此他的演讲使每一位听众都觉得受益匪浅。

最后，查理毕业了，并取得了学位。众所周知，他是一个深受大家尊敬的好学生。毕业典礼那天，他的全家都来听了他的演讲。他们十分满意，也比从前更爱查理了。

无数机遇在查理面前敞开，因为他博学多才，广受尊敬，他同时也是一个幸福的人，拥有美满的家庭，受到所有认识的人的衷心爱戴。

智慧感悟

  这就是勤奋的益处。多么奇怪啊，整天无所事事地闲混是不会让人快乐的，有的人却宁愿这么过。懒惰的孩子如出一辙，他们总是又悲惨又可怜，而勤奋的孩子是快乐的。

  也许读到这个故事的青少年会问："上帝会眷顾上学的小孩吗?"当然，人来到这个世上就是要同时间赛跑。年轻时你就必须为成为栋梁之材而努力。如果你不善于运用自己的优势，你就违背了上帝的旨意。

擦鞋童亨利

有一个善良的小男孩，名叫亨利。他的父亲早已过世，陪伴着他的，只有穷困的母亲和一个两岁大的妹妹。

他很想能帮上母亲的忙，因为母亲挣的钱总是难以养家糊口。

一天，亨利帮一位先生找到了他丢失的笔记本，于是这位先生给了他一美元。

亨利把钱放到一个谁也找不到的地方。他母亲一直教育他要诚实，绝不能拿任何不属于自己的东西。

他用这一美元买了一个盒子、三把鞋刷和一盒鞋油。接着他来到街角，对每位鞋不太干净的人说："先生，能让我给您的鞋擦擦油吗？"

他是那样的彬彬有礼，因此人们很快便都注意到了他，并且也十分乐意让他替鞋擦油。第一天他就挣了 50 美分。

当亨利把钱交给母亲的时候，母亲情不自禁地流下了激动的热泪："你真是一个懂事的好孩子，亨利。我以前不知道怎样才能赚更多的钱来买面包，但是现在我相信我们能够过得更好。"

从此以后，亨利白天擦鞋，晚上到学校上课。他挣的钱已足以负担母亲和妹妹的生活了。

智慧感悟

有人说，勤奋的人应当和国王一起平起平坐。培养勤奋的工作态度是很关键的一环。一旦养成了一种不畏劳苦、敢于拼搏、锲而不舍、坚持到底的劳动品质，无论我们干什么事，都能在竞争中立于不败之地。即使从事最简单的技巧也少不了这些最基本的"品质"。

比时间跑快一步

安格斯读小学的时候,他的外祖母过世了。外祖母生前最疼爱他,安格斯无法排除自己的忧伤,每天在学校操场上一圈又一圈地跑着,跑得累倒在地上,扑在草坪上痛哭。

那哀痛的日子,断断续续地维持了很久,爸爸妈妈也不知道如何安慰他。他们知道与其骗儿子说外祖母睡着了(可那总有一天要醒来),还不如说实话:外祖母永远不会回来了。

"什么是永远不会回来呢?"安格斯问着。

"所有时间里的事物,都永远不会回来,你的昨天过去,它就永远变成昨天,你不能再回到昨天。爸爸以前也和你一样小,现在也不能回到你这么小的童年了;有一天你会长大,你会像外祖母一样老;有一天你度过了你的时间,就永远不能回来了。"爸爸说。

以后,安格斯每天放学回家,在家里的庭院里面看着太阳一寸一寸地沉到地平线以下,就知道一天真的过完了,虽然明天还会有新的太阳,但永远不会有今天的太阳的。

时间过得那么飞快,在安格斯幼小的心灵里不只是着急,还有悲伤。有一天,他放学回家,看到太阳快落山了,就下决心说:"我要比太阳更快地回家。"他狂奔回去,站在庭院前喘气的时候,看到太阳还露着半边脸,就高兴地跳跃起来,那一天他觉得自己跑赢了太阳。以后他就时常做那样的游戏,有时和太阳赛跑,有时和西北风比快,有时一个暑假才能完成的作业,他十天就做完了。那时他三年级,常常把五年级的作业拿来做。

每一次比赛胜过时间,安格斯就快乐得不知道怎么形容。

后来的20年里,他因此受益无穷,虽然他知道人永远跑不过时间,但是人可以比自己原来有的时间跑快一步,如果跑得快,有时可以快好几步。那几步很小很小,用途却很大很大。

智慧感悟

本杰明·富兰克林指出:"切莫浪费时间,因为它是生命所赖以制造的东西。"和时间赛跑吧,利用一切可以利用的时间,时刻赶在时间前面去努力拼搏,获胜的一定是你。

第八章

给予，是快乐的源泉

> 有进有出，这才是聪明人的处世之道。任何人都不可妄想占据所有的东西。对于青少年来说，既要接受人家的给予，同时也要注意把自己的东西给予人家，把分享作为人生的信条，这是使我们走向幸福人生的条件之一。

腾出一只手给别人

陀思妥耶夫斯基二十多岁时写了一部中篇小说《穷人》，学工程专业的他怯生生地把稿子投给《祖国纪事》。编辑格利罗维奇和涅克拉索夫傍晚时分开始看这篇稿子，他们看了十多页后，打算再看十多页，然后又打算再看十多页，一个人读累了，另一个人接着读，就这样一直到晨光微露。他们再也无法抑制住激动的心情，顾不得休息，找到陀思妥耶夫斯基的住所，扑过去紧紧把他抱住，流出泪来。涅克拉索夫性格孤僻内向，此刻也无法掩饰自己的感情。他们告诉这个年轻人，这部作品是那么出色，让他不要放弃文学创作。之后，涅克拉索夫和格利罗维奇又把《穷人》拿给著名文艺评论家别林斯基看，并叫喊着："新的果戈理出现了。"别林斯基开始不以为然："你以为果戈理会像蘑菇一样长得那么快呀！"但他读完以后也激动得语无伦次，瞪着陌生的年轻人说："你写的是什么，你了解自己吗？"平静下来以后他对陀思妥耶夫斯基说："你会成为一个伟大的作家。"

陀思妥耶夫斯基作出了反应："我一定要无愧于这种赞扬，多么好的人！多么好的人！这是些了不起的人，我要勤奋，努力成为像他们那样高尚而有才华的人！"后来陀思妥耶夫斯基写出了大量优秀的小说，成为俄国 19 世纪经典作家，被西方现代派奉为鼻祖。

格利罗维奇、涅克拉索夫、别林斯基因各自的成就赢得人们的尊敬，但同样令人们尊敬的是他们"腾出一只手"托举一个陌生人的行动。而且从最初他们就预料到这个年轻人的光芒将盖过自己，但圣洁的他们连想也没想就伸出了自己的手。

"腾出一只手"给别人肯定会牺牲自己的利益，别林斯基等三位伟大的艺术家虽然后来被陀思妥耶夫斯基抢了光芒，但毕竟因陀思妥耶夫斯基的成功而使自己的人格举世皆知。生活中更多的"腾出一只手"者则是默默无闻的，因为不是每一个人都能像陀思妥耶夫斯基那样成为"不再重放的花朵"。然而"腾出一只手"给别人，在于过程，而不在于结果。无论被托举者最后是否平凡，无论能否得到回报，都不影响爱的价值。

智慧感悟

"腾出一只手"给卑微者——赞扬他们；"腾出一只手"给狂妄者——规劝他们；"腾出一只乎"给绝望者——点拨鼓励他们……"我曾'腾出一只手'给别人。"你能面无愧色地说出这句话吗？

给予，是快乐的源泉

这一年的圣诞节，保罗的哥哥送给他一辆新车作为圣诞礼物。圣诞节的前一天，保罗从他的办公室出来时，看到街上一个小男孩在他闪亮的新车旁走来走去，并不时触摸它，满脸羡慕的神情。

保罗饶有兴趣地看着这个小男孩。从他的衣着来看，他的家庭显然不属于自己这个阶层。就在这时，小男孩抬起头，问道："先生，这是你的车吗？"

"是啊，"保罗说，"这是我哥哥送给我的圣诞礼物。"

小男孩睁大了眼睛："你是说，这是你哥哥给你的，而你不用花一角钱？"

保罗点点头。小男孩说："哇！我希望……"

保罗原以为小男孩希望的是也能有一个这样的哥哥，但小男孩说出的却是："我希望自己也能当这样的哥哥。"

保罗深受感动地看着这个男孩，然后问他："要不要坐我的新车去兜风？"

小男孩惊喜万分地答应了。

逛了一会儿之后，小男孩转身向保罗说："先生，能不能麻烦你把车开到我家门前？"

保罗微微一笑，他想他理解小男孩的想法：坐一辆大而漂亮的车子回家，在小朋友的面前是很神气的事。但他又想错了。

"麻烦你停在两个台阶那里，等我一下好吗？"

小男孩跳下车，三步并作两步地跑上台阶，进入屋内。不一会儿他出来了，并带着一个显然是他弟弟的小孩。这个小孩因患小儿麻痹症而跛着一只脚。他把弟弟安置在下边的台阶上，紧靠着坐下，然后指着保罗的车子说："看见了吗？就像我在楼上跟你讲的一样，很漂亮对不对？这是他哥哥送给他的圣诞礼物，他不用花一角钱！将来有一天我也要送你一部和这一样的车子，这样你就可以看到我一直跟你讲的橱窗里那些好看的圣诞礼物了。"

保罗的眼睛湿润了，他走下车子，将小弟弟抱到车子前排座位上。他的哥哥眼睛里闪着喜悦的光芒，也爬了上来。于是三个人开始了一次令人难忘的假日之旅。

在这个圣诞节，保罗明白了一个道理：给予真的比接受更令人快乐。

一个男子坐在一堆金子上，伸出双手，向每一个过路人乞讨着什么。

吕洞宾走了过来，男子向他伸出双手。

"孩子，你已经拥有了那么多的金子，难道你还要乞求什么吗？"吕洞宾问。

"唉！虽然我拥有如此多的金子，但是我仍然不满足，我乞求更多的金子，我还乞求爱情、荣誉、成功。"男子说。

吕洞宾从口袋里掏出他需要的爱情、荣誉和成功，送给了他。

一个月之后，吕洞宾又从这里经过，那男子仍然坐在一堆黄金上，向路人伸着双手。

"孩子，你所求的都已经有了，难道你还不满足吗？"

"唉！虽然我得到了那么多东西，但是我还是不满足，我还需要更多的刺激。"男子说。

吕洞宾把他想要的刺激也给了他。

一个月后，吕洞宾又看见那男子坐在那堆金子上，向路人伸着双手——尽管有爱情、荣誉、成功、快乐和刺激陪伴着他。

"孩子，你已经拥有了你想要的，难道你还乞求什么吗？

"唉！尽管我已拥有了比别人多得多的东西，但是我仍然不能感到满足，老人家，请你把满足赐给我吧！"男子说。

吕洞宾笑道："你需要满足吗？孩子，那么，请你从现在开始学着付出吧。"

智慧感悟

一句名言说：人活着应该让别人因为你活着而得到益处。学会给

予和付出，你会感受到舍己为人、不求任何回报的快乐和满足。一位儿童教育家说："只知索取，不知付出；只知爱己，不知爱人，是当前独生子女的通病。"学会付出是人类光辉灿烂人性的体现，同时也是一种处世智慧和快乐之道。

第八章 给予，是快乐的源泉

点亮一盏灯

漆黑的夜晚，一个远行寻佛的苦行僧走到了一个荒僻的村落中。漆黑的街道上，络绎的村民们在默默地你来我往。

苦行僧转过一条巷道，他看见有一团晕黄的灯光正从巷道的深处静静地亮过来。身旁的一位村民说："瞎子过来了。"

苦行僧百思不得其解。一个双目失明的盲人，他没有白天和黑夜的一丝概念，他看不到鸟语花香，看不到高山流水，也看不到柳绿桃红的世界万物，他甚至不知道灯光是什么样子的，他挑一盏灯笼岂不令人迷惘和可笑？

那灯笼渐渐近了，晕黄的灯光从深巷移游到了僧人的芒鞋上。百思不得其解的僧人问："敢问施主真的是一位盲者吗？"那挑灯的盲人告诉他："是的，从踏进这个世界，我就一直双眼混沌。"

僧人问："既然你什么都看不见，那你为何挑一盏灯笼呢？"盲者说："现在是黑夜吧？我听说在黑夜里没有灯光的映照，那么满世界的人都和我一样是盲人，所以我就点燃了一盏灯笼。"

僧人若有所悟说："原来你是为别人照亮的？"但那盲人却说："不，我是为自己！"

"为你自己？"僧人又愣了。

盲者缓缓问僧人说："你是否因为夜色漆黑而被其他行人碰撞过？"僧人说："是的，就在刚才，还被两个人不留神碰撞过。"盲人听了说："但我没有。虽说我是盲人，我什么也看不见，但我挑了这盏灯笼，既为别人照了亮，也更让别人看到了我自己，这样，他们就不会因为看不见而碰撞到我了。"

苦行僧听了，顿有所悟。他仰天长叹说，我天涯海角奔波着找佛，没有想到佛就在我的身边啊！

智慧感悟

不是吗？每个人都有一盏心灯，点亮属于自己的那一盏灯，既照亮了别人，更照亮了自己。文中这位盲者的可贵之处，不仅在于他照亮了自己，更在于他照亮了别人。从分享的角度来说，照亮自己和照亮别人是一个铜钱的两面，辩证地相互依存着，悟懂了其中的含义，你就悟懂了生存的至高智慧。

第八章　给予，是快乐的源泉

分享是聪明的生存之道

从前，有两个饥饿的人得到了一位长者的恩赐：一根鱼竿和一篓鲜活硕大的鱼。一个人要了一篓鱼，另一个要了一根鱼竿，于是，他们分道扬镳了。得到鱼的人原地就用干柴搭起篝火煮起了鱼，他狼吞虎咽，还来不及品出鲜鱼的肉香，转瞬间，连鱼带汤就被他吃了个精光，不久，他便饿死在空空的鱼篓旁。另一个人则提着鱼竿继续忍饥挨饿，一步步艰难地向海边走去，可当他已经看到不远处那片蔚蓝色的海洋时，他浑身一点气力也没有了，他也只能眼巴巴地带着无尽的遗憾撒手人寰。

又有两个饥饿的人，他们同样得到了长者恩赐的一根鱼竿和一篓鱼。只是他们并没有各奔东西，而是约定共同去找寻大海，他俩每次只煮一条鱼，他们经过长途跋涉，来到了海边。

从此，两个人开始了捕鱼为生的日子，几年后，他们盖起了房子，有了各自的家庭、子女，有了自己建造的渔船，过上了幸福安康的生活。

一位生前经常行善的基督徒见到了上帝，他问上帝天堂和地狱有何区别。于是上帝就让天使带他到天堂和地狱去参观。

到了天堂，在他们面前出现了一张很大的餐桌，桌上摆满了丰盛的佳肴。围着桌子吃饭的人都拿着一把十几尺长的勺子。

不过令人不解的是，这些可爱的人们都在相互喂对面的人吃饭。可以看得出，每个人都吃得很愉快。天堂就是这个样子呀！他心中非常失望。

接着，天使又带他来到地狱参观。出现在他面前的是同样的一桌佳肴，他心中纳闷：天堂怎么和地狱一样呀！天使看出了他的疑惑，就对他说："不用急，你再继续看下去。"

过了一会儿，用餐的时间到了，只见一群骨瘦如柴的人来到桌前入座。每个人手上也都拿着一把十几尺长的勺子。可是由于勺子实在是太长了，每个人都无法把勺子内的饭送到自己口中，这些人都饿得大喊大叫。

智慧感悟

以上两个小故事中，不约而同地揭示了这样一个道理：懂得分享是一种聪明的生存之道。当我们摒弃自私的行为，为别人付出的时候，从某种程度上就是帮助了自己。因为，在这个崇尚合作的世界上，没有一个人能担当全部，一个人价值的体现往往就维系在与别人互助的基础之上。许多时候，与人分享自己的拥有，我们才能找到自己的位置和方向，也才能使自己的价值最大化。

第八章　给予，是快乐的源泉

秋天里也有童话

有个刚做完手术的孩子，他的眼睛上还蒙着纱布，等待光明。

一天，他摸索着来到了医院后院，坐在一棵大树下。他在黑暗中幻想着将要看到的五彩世界，而又担忧手术不成功。一片树叶飘到了他的头上，他随手一摸，拿到手里，他自言自语地说："这是杨树叶，还是……""是杨树叶。"一个低沉的声音传过来，接着一双大手摸到了他的脸上。"小朋友，几岁啦？""12岁。""你眼睛不好？""啊，从小就有毛病。伯伯，你说这世界美吗？"

"美啊！你看，这天空是蓝色的，这远处的山雄伟挺立，那云朵洁白可爱。在咱们对面有一泓清水。水面上浮着粉红的荷花，碧绿的荷叶。这四周绿树成荫。嘿！那边不知是谁在放风筝。你听，这树上的小鸟在叫，你听见了吧？孩子！""我听见了。"盲童的脑海中出现了一幅幅美丽动人的图画。当他沉浸在欢乐中时，蓦然他抓住那个人的手问道："伯伯，我的眼睛能治好吗？""能，能！孩子，只要你认真配合医生治疗，就会好的。""真的？""真的！""那边是什么？还有那儿？""那边呀，是……"以后，就时常看见这两个人在交谈着。

过了一段时间，这个盲童终于拆了线。他看到了光明。当他适应了刺眼的阳光后，便跑向了后院。

他走到那个黑暗中给予他欢乐的地方，用他那明亮的双眼向四周一望，他愣住了。原来，这里没有花木，没有清水，没有大山，有的只是一堵墙壁和一棵老树。在残秋冷风中坐着一个老人，他戴着一副墨镜，身边放着一根探盲棒。老人捧着一片杨树叶，在低低地说着什么。以后，在这所医院里，经常可以看到一个少年拉着一位失明的老人，在用他刚刚获得光明的双眼，向那位曾给过他一片光明的老人诉说。

这个故事告诉人们：除了用高明的医术医治人们的痛苦，其实人们更需要一束阳光、一阵风、一片叶子、一只飞鸟等带给人们的那种对生命的感动，有了它，人们才不再怨恨，不再遗憾，不再屈服于命运的安排。

美国作家欧·亨利在他的小说《最后一片叶子》里讲了一个故事：病房里，一个生命垂危的病人从房间里看见窗外的一棵树上的落叶，在秋风中一片片地掉落下来。病人望着眼前的萧萧落叶，身体也随之每况愈下，一天不如一天。她说："当树叶全部掉光时，我也就要死了。"一位身患绝症的老画家得知后，在一个风雨之夜，冒着生命危险用彩笔画了一片叶脉青翠的树叶挂在树枝上。

就这样，老画家虽然不久就去世了，但最后一片"叶子"始终没掉下来。只因为生命中的这片绿，病人竟奇迹般地活了下来。

智慧感悟

给别人一点希望吧，它可以照亮对方的生命之路。始终相信吧，秋天里也会有童话。当别人活得生机勃勃、激昂澎湃，你的人生也会因此而丰盈富足。

第九章
勇气本身就是一种奖赏

> 成功之门都是虚掩的,它总是留给那些有勇气去强大自己的人。我们知道,不恐惧不等于有勇气;勇气使你尽管害怕,尽管痛苦,你还是继续向前走。在这个世界上,只要你真实地付出,就会发现许多门都是虚掩的!微小的勇气,能够完成无限的成就。

镇静的力量

故事的发生地就在印度。一对英国殖民地官员夫妇在家中举办一次丰盛的宴会。地点设在他们宽敞的餐厅里,那儿铺着明亮的大理石地板,房顶吊着不加任何修饰的椽子,出口处是一扇通向走廊的玻璃门。客人中有当地的陆军军官、政府官员及其夫人,另外还有一名美国的自然学家。

午餐中,一位年轻女士同一位上校进行了热烈的辩论。这位女士的观点是说如今的妇女已经有所进步,不再像以前那样,一见到老鼠就从椅子上跳起来。可上校认为妇女们没有什么改变,他说:"不论碰到任何危险,妇女们总是一声尖叫,然后惊慌失措。而男士们碰到相同情形时,虽也有类似的感觉,但他们多了一点勇气,能够适时地控制自己,冷静对待。可见,男士的这点勇气是最重要的。"

那位美国学者没有加入这次辩论,他默默地坐在一旁,仔细观察着在座的每一位。这时,他发现女主人露出奇怪的表情,两眼直视前方,显得十分紧张。很快,她招手叫来身后的一位男仆,对其一番耳语。仆人的双眼惊恐万分,他很快离开了房间。

除了美国学者,没有其他客人发现这一细节,当然也就没有其他人看到那位仆人把一碗牛奶放在门外的走廊上。

美国学者突然一惊。在印度,地上放一碗牛奶只代表一个意思,即引诱一条蛇。这也就是说,这间房子里肯定有一条毒蛇。他首先抬头看屋顶,那里是毒蛇经常出没的地方,可现在那儿光秃秃的,什么也没有;再看饭厅的四个角,前三个角落都空空如也,第四个角落也站满了仆人,正忙着上菜下菜;现在只剩下最后一个地方他还没看了,那就是坐满客人的餐桌下面。

美国学者的第一反应便是向后跳出去,同时警告其他人。但他转念一想,这样肯定就会惊动桌下的毒蛇,而受惊的毒蛇很容易咬人。

于是他一动不动,迅速地向大家说了一段话,语气十分严肃,以至于大家都安静了下来。

"我想试一试在座诸位的控制力有多大。我从一数到三百,这会花去五分钟,这段时间里,谁都不能动一下,否则就罚他50个卢比。预备,开始!"

美国学者不急不缓地数着数,餐桌旁的20个人,全都像雕像一样一动不动。当数到288时,学者终于看见一条眼镜蛇向门外的牛奶爬去。他飞快地跑过去,把通向走廊的门一下子关上。蛇被关在了外面,室内立即发出一片尖叫。

"上校,事实证实了你的观点。"男主人这时叹道,"正是一个男人,刚才给我们作出了从容镇定的榜样。"

"且慢!"美国学者说,然后转身朝向女主人:"温兹女士,你是怎么发现屋里有条蛇的呢?"

女主人脸上露出一抹浅浅的微笑:"因为它从我的脚背上爬了过去。"

智慧感悟

镇静,是勇敢的一种表现。能在非常情况下做到镇静自若的人,必定是一个具有超常勇气的人。鲁迅先生说:"伟大的心胸,应该表现出这样的气概——用笑脸来迎接悲惨的厄运,用百倍的勇气来应对一切不幸!我们应该具有这样的心胸和勇气!"镇静,让我们不轻易被危险吓倒;镇静,是一份闲庭信步的自若;镇静,是内心里非凡力量的体现;镇静,是勇气过人的镇定;镇静,能产生令人难以置信的魄力……

疯狂逃命的小母鸡

有一天小母鸡在森林中，一颗橡树子落在了她头上。她被吓得浑身发抖，身上的羽毛掉了一地。

"救命！救命！"她大叫起来。"天塌下来了！我必须去告诉国王！"于是她急匆匆地要跑去报告国王。

在路上她遇到了小公鸡。"你去哪儿？小母鸡？"小公鸡问道。

"哦，救命！"小母鸡嚷道，"天塌下来了！"

"你怎么知道的？"小公鸡问。

"嗨！我亲眼看到的，亲耳听到的，我的头还被砸了一下！"

"可怕，这太可怕了！"小公鸡惊叫起来，"我们还是逃吧。"于是他们俩拼命地跑了起来。

不久他们遇到了小鸭子。"你们去哪儿，小母鸡和小公鸡？"小鸭子问道。

"天塌下来了！天塌下来了！我们要去报告国王！"他们嚷着。

"你们怎么知道的！"小鸭子问。

"我亲眼看到的，亲耳听到的，我的头还被砸了一下！"小母鸡回答道。

"不好，不好！"小鸭子叫起来，"我们还是逃吧。"于是他们三个一起拼命地跑了起来。

不久他们遇到了正在路旁摇头晃脑散步的鹅小子。

"喂，小母鸡、小公鸡还有小鸭子，"鹅小子招呼他们，"你们这么急匆匆地去哪儿？"

"我们在逃命！"小母鸡嚷道。

"天塌下来了！"小公鸡叫着。

"我们要去报告国王！"小鸭子嘎嘎叫道。

第九章　勇气本身就是一种奖赏

"你们怎么知道天塌下来了？"鹅小子问。

"我亲眼看到的，亲耳听到的，我的头还被砸了一下！"小母鸡回答。

"不妙，不妙！"鹅小子惊叫起来，"我还是跟你们一起跑吧。"于是他们四个一起慌里慌张地跑过草地。

不久他们遇到了大摇大摆的小火鸡。

"喂，小母鸡、小公鸡、小鸭子还有鹅小子，"小火鸡招呼他们，"你们这么急匆匆地，去哪儿？"

"救命！救命！"小母鸡嚷着。

"我们在逃命！"小公鸡叫着。

"天塌下来了！"小鸭子嘎嘎叫道。

"我们要去报告国王！"鹅小子哇哇说。

"你们怎么知道天塌下来了？"小火鸡问。

"我亲眼看到的，亲耳听到的，我的头还被砸了一下！"小母鸡回答。

"妈呀！我一直在担心天会塌下来，"小火鸡惊叫起来，"我还是跟你们一起去吧。"

于是他们五个一起拼命地跑，遇到了小狐狸。

"喂，喂！"小狐狸问道，"天气这么好，你们急匆匆地去哪里？"

"救命！救命！"小母鸡、小公鸡、小鸭子、鹅小子还有小火鸡叫了起来，"还说什么好天气！天塌下来了，我们正要跑去报告国王！"

"你们怎么知道天塌下来了？"小狐狸问。

"我亲眼看到的，亲耳听到的，我的头还被砸了一下！"小母鸡回答。

"我明白了，"小狐狸说道，"那么，跟我走吧。我给你们带路。"

于是小狐狸带着小母鸡、小公鸡、小鸭子、鹅小子和小火鸡穿过田野和森林。他把他们直接带到了自己的狐狸窝，当然，他们再也不能见到国王，也没机会向他报告天塌下来的消息了。

智慧感悟

马克·吐温曾说过他知道一辈子有许多麻烦事,但实际上很少会真正遇到。许多害怕是我们自己想象出来的。为避免庸人自扰,就不要小题大做。柏拉图说过,勇敢,就是知道该害怕什么。

第九章　勇气本身就是一种奖赏

推开虚掩之门

古代波斯（今伊朗）有位国王，想挑选一名官员担当一种重要的职务。

他把那些智勇双全的官员全都召集了来，试试他们之中究竟谁能胜任。

官员们被国王领到一座大门前，面对这座国内最大、来人中谁也没有见过的大门，国王说："爱卿们，你们都是既聪明又有力气的人。现在，你们已经看到，这是我国最大最重的大门，可是一直没有打开过。你们之中谁能打开这座大门，帮我解决这个久久没能解决的难题？"不少官员远远张望了一下大门，就连连摇头。有几位走近大门看了看，退了回去，没敢去试着开门。另一些官员也都纷纷表示，没有办法开门……这时，有一名官员却走到大门下，先仔细观察了一番，又用手四处探摸，用各种方法试探开门。几经试探之后，他抓起一根沉重的铁链，没怎么用力拉，大门竟然开了！

原来，这座看似非常坚牢的大门，并没有真正关上，任何一个人只要仔细察看一下，并有胆量试一试，比如拉一下看似沉重的铁链，甚至不必用多大力气推一下大门，都可以打得开。如果连摸也不摸，连看也不看，自然会对这座貌似坚牢无比的庞然大物感到束手无策了。

国王对打开了大门的大臣说："朝廷那重要的职务，就请你担任吧！因为你没有限于你所见到的和听到的，在别人感到无能为力时你却会想到仔细观察，并有勇气冒险试一试。"他又对众官员说："其实，对于任何貌似难以解决的问题，都需要开动脑筋仔细观察，并大胆冒一下险，大胆地试一试。"

那些没有勇气试一试的官员们，一个个都低下了头。

也许，生活当中并不缺少成功的机会，只是我们像故事中的大臣们一样，陷进了固定思维的囹圄之中，不能自拔。思维的框定让人容易产生怯懦的心理，终究无法唤发一丝勇气，最终流于平庸。成功者与失败者之间的分水岭，有时并不在于他们之间有天地之间的差距，而在于一点小小的勇气。当我们超越众人禁锢得有些麻木的思想，勇敢地迈出那一步时，我们会惊喜地发现，原来成功的门对我们从不上锁。

在一个跨国公司里，总经理叮嘱全体员工："谁也不要走进8楼那个没挂门牌的房间。"但他没解释为什么。

在这家效益不错的公司里，员工们都习惯于服从，大家牢牢记住了领导的吩咐，谁也不去那个房间。

一个月后，公司又招聘了一批年轻人，同样的话，总经理又向新员工说了一遍。这时，有个年轻人在下面小声嘀咕了一句："为什么？"

总经理看了他一眼，满脸严肃地回答："不为什么。"

回到岗位上，那个年轻人的脑子里还在不停地闪现着那个神秘的房间：又不是公司部门的办公用房，又不是什么重要机密的存放地，为什么要有这样的吩咐呢？年轻人想去敲门看看到底是怎么回事。

同事们纷纷劝他，冒这个险干吗？不听经理的话有什么好果子吃？这份工作来之不易呀！小伙子来了牛脾气，执意要去看个究竟。

他轻轻地叩门，没有人应声。他随手一推，门开了，不大的房间中只有一张桌子，桌子上放着一张纸条，上面用红笔写着几个字："拿这张纸条给总经理。"

小伙子很失望，但既然做了，就做到底，他拿着纸条去了总经理办公室。当他从总经理办公室出来时，不但没有被解雇，反而被任命为销售部经理。

"销售是最需要创造力的工作，只有不被条条框框限制住的人才能胜任。"总经理给了大家这样一个解释。后来，那个小伙子果然没有让总经理失望。

1968年，在墨西哥奥运会百米赛道上，美国选手吉·海因斯撞线后，转过身子看运动场上的记分牌，当指示灯打出9.95的字样后，海因斯摊开双手自言自语地说了一句话，这一情景后来通过电视网络，全世界至少有几亿人看到，但当时他身边没有话筒，海因斯到底说了什么，谁都不知道。直到1984年洛杉矶奥运会前夕，一名叫戴维·帕尔的记者在办公室回放奥运会资料时好奇心大增,他找到海因斯询问此事时这句话才被破译出来。原来,自欧文创造了10.3秒的成绩后,医学界断言,人类的肌肉纤维承载的运动极限不会超过10秒。所以当海因斯看到自己9.95秒的纪录之后,自己都有些惊呆了,原来10秒这个门不是紧锁的,它虚掩着,就像终点那根横着的绳子。于是兴奋的海因斯情不自禁地说:"上帝啊!那扇门原来是虚掩着的。"

智慧感悟

犹太谚语说:"打开成功之门,必须勇敢地推或者拉。"成功就好比一扇虚掩着的门,只要我们鼓起勇气,勇敢地打破思维上的定式,就一定能拥有意外的收获。

勇气本身就是一种奖赏

在拿破仑的传记作品里，曾经记载过这样一个故事：

那是在马林果战役的前夕，拿破仑坐在营帐里，凝视着面前摊开的一张意大利地图。他把四枚钉子按在地图上，一边挪动钉子，一边思考着。

过了一会儿，他自言自语地说："现在一切都好了，我要在这里抓住他！"

"抓住谁？"身旁的一个军官问道。

"墨拉期，奥地利的老狐狸，他要从热那亚回来，路过都灵，回攻亚历山大里亚。我要渡过波河，在塞尔维亚平原迎着他，就在这儿打败他。"拿破仑的手指向马林果。

但是，马林果战役打响后，法军受到敌军强有力的抵抗，竟只剩招架之功，拿破仑精心筹措的胜利眼看要成为泡影。

正在法军败退之际，拿破仑手下的将领德撒带着大队骑兵驰过田野，停在拿破仑站着的山坡附近。队伍中有一个小鼓手，他是德撒在巴黎街头收留的流浪儿，在埃及和奥国战役中一直在法军中作战。

当军队站住时，拿破仑朝小鼓手喊道："击退兵鼓。"

这个孩子却没有动。

"小流浪汉，击退兵鼓！"

"小流浪汉，击退兵鼓！"

孩子拿着鼓枪向前走了几步，朗声说道："啊，大人，我不知道怎么击退兵鼓，德撒从来没有教过我。但是我会击进军鼓，是的，我可以敲进军鼓，敲得让死人都排起队来。我在金字塔敲过它，在泰泊河敲过它，在罗地桥又敲过它。啊，大人，在这里我可以也敲进军鼓吗？"

拿破仑无可奈何地转向德撒："我们吃败仗了，现在可怎么办呢？"

第九章　勇气本身就是一种奖赏

"怎么办？打败他们！要赢得胜利还来得及。来，小鼓手，敲进军鼓，像在泰泊和罗地一样敲吧！"

不一会儿，队伍随着德撒的剑光，跟着小鼓手猛烈的鼓声，向奥地利军队横扫而去，他们不惜流血牺牲，把敌人打得一退再退。德撒在敌人的第一排子弹中就倒下了，但是队伍并没有动摇。当炮火消散时，人们看到那小流浪儿走在队伍最前面，笔直地前进，仍旧敲着激昂的进军鼓。他越过死人和伤员，越过营垒和战壕。他的脚步从容不迫，鼓声激昂有力，他以自己勇敢无畏的精神开辟了胜利的道路。

智慧感悟

也许，已经无法去考证这个小流浪儿的存在，他面对困境所表现出来的勇气，却能够震撼每一个人的心灵。虽然他的地位是如此的卑微，但人们在他身上，看不到丝毫的胆怯和懦弱。永远前进，绝不退缩，直至获得人生最终的胜利，这是他对勇气最大的演绎和回报。

"人们缺少的不是力量，而是勇气。"法国文豪雨果一语道出了勇气对于每个人的重要意义。

甩开怯懦的法官

伊尔文·本·库柏是美国最受尊敬的法官之一，但这个形象与库柏年轻时自卑的形象大相径庭。

库柏在密苏里州圣约瑟夫城一个准贫民窟里长大。他的父亲是一个移民，以裁缝为生，收入微薄。为了家里取暖，库柏常常拿着一个煤桶，到附近的铁路去拾煤块。库柏为必须这样做而感到困窘。他常常从后街溜出溜进，以免被放学的孩子们看见。

但是，那些孩子时常看见他。特别是有一伙孩子常埋伏在库柏从铁路回家的路上，袭击他，以此取乐。他们常把他的煤渣撒遍街上，使他回家时一直流着眼泪。这样，库柏总是生活于或多或少的恐惧和自卑的状态中。

有一件事发生了，这种事在我们打破失败的生活方式时总是会发生的。库柏因为读了一本书，内心受到了鼓舞，从而在生活中采取了积极的行动。这本书是荷拉修·阿尔杰著的《罗伯特的奋斗》。

在这本书里，库柏读到了一个像他那样的少年奋斗的故事。那个少年遭遇了巨大的不幸，但是他以勇气和道德的力量战胜了这些不幸，库柏也希望具有这种勇气和力量。

库柏读了他所能借到的每一本荷拉修的书。当他读书的时候，他就进入了主人公的角色。整个冬天他都坐在寒冷的厨房里阅读勇敢和成功的故事，不知不觉地吸取了积极的心态。

在库柏读了第一本荷拉修的书之后几个月，他又到铁路去捡煤。隔开一段距离，他看见三个人影在一个房子的后面飞奔。他最初的想法是转身就跑，但很快他记起了他所钦佩的书中主人公的勇敢精神，于是他把煤桶握得更紧，一直向前大步走去，犹如他是荷拉修书中的一个英雄。

这是一场恶战。三个男孩一起冲向库柏。库柏丢开铁桶，坚强地

第九章 勇气本身就是一种奖赏

挥动双臂，进行抵抗，使得这三个恃强凌弱的孩子大吃一惊。库柏的右手猛击到一个孩子的鼻子上，左手猛击到这个孩子的胃部。这个孩子便停止打架，转身溜跑了，这也使库柏大吃一惊。同时，另外两个孩子正在对他进行拳打脚踢。库柏设法推走了一个孩子，把另一个打倒，用膝部猛击他，而且发疯似的连击他的胃部和下颚。现在只剩下一个孩子了，他是领袖。他突然袭击库柏的头部。库柏设法站稳脚跟，把他拖到一边。这两个孩子站着，相互凝视了一会儿。

然后，这个领袖一点一点地向后退，也溜跑了。库柏拾起一块煤，投向那个退却者，这是在表示他正义的愤慨。

直到那时库柏才知道他的鼻子在流血，他的周身由于受到拳打脚踢，已变得青一块紫一块了。这是值得的啊！在库柏的一生中，这一天是一个重大的日子。那时他克服了恐惧。

库柏并不比一年前强壮了多少，攻击他的人也并不是不如以前那样强壮。前后不同的地方在于库柏自身的心态。他已经不顾恐惧，面对危险。他决定不再听凭那些恃强凌弱者的摆布。从现在起，他要改变他的世界了，他后来也的确是这样做的。

库柏给自己定下了一种身份。当他在街上痛打那三个恃强凌弱者的时候，他并不是作为受惊骇的、营养不良的库柏在战斗，而是作为荷拉修书中的人物罗伯特·卡佛代尔那样的大胆而勇敢的英雄在战斗。

智慧感悟

约翰·穆勒说："除了恐惧本身之外没有什么好害怕的。""如果你是懦夫，那你就是自己最大的敌人；如果你是勇士，那你就是自己最好的朋友。"美国最伟大的推销员弗兰克也如是说。

而维特草斯坦亦说："勇气通往天堂之途，懦弱往往叩开地狱之门。"懦弱是人性中勇敢品质的"腐蚀剂"，时时威胁着我们的心灵。只有在生命中注入勇气，才能帮助你斩断前进途中缠绕在腿脚上的蔓草和荆棘。

勇气来自坚强的心灵

一个严寒的冬天，三个小男孩路过一所学校。最大的是一个品行不端的孩子，他不仅自己老是惹麻烦，还唆使别的孩子去干坏事。最小的则是个安分守己的孩子，名叫乔治。

乔治并不愿干坏事，但他想让自己胆子更大一点。另外两个孩子一个叫亨利，一个叫詹姆斯。他们边走边说着话。

亨利：要是用雪球去砸教室的门，里面的老师和学生肯定会吓一跳，那可真好玩。

詹姆斯：要是你真砸，你才要吓一跳呢。就算老师没抓到你，他也会对你父亲说是你干的，你肯定得挨骂。我想你比起那些学生会更惨。

亨利：不会的，我们在老师开门之前，早跑得远远的了，他不会知道是谁干的。这儿有一个又冷又硬的雪球，这事儿乔治就可以干，而且也不会被捉住。

詹姆斯：你让他试试，他一定不敢的。

亨利：你以为乔治是个胆小鬼吗？你太小瞧他了。来，乔治，拿上这个雪球，向他证明你并不是胆小鬼。

乔治：我并非不敢，只是不愿意。这不是什么好事，更谈不上有什么快乐。

詹姆斯：看吧，我就说他不敢。

亨利：乔治，不会吧，你的胆子怎么变这么小了，我还以为你什么都不怕的。来，就扔一下，别让詹姆斯把你看扁了，我知道你不会怕的。

乔治：好的，我不怕，给我雪球，我能够砸了门而不被抓住的。

呼！雪球狠狠地砸在门上，三个小孩子撒腿就溜。亨利嘲笑乔治是个笨蛋，被人耍了。

第九章 勇气本身就是一种奖赏

乔治干了错事，又招来嘲笑，真是自食其果。他才是个胆小鬼呢，就因为怕别人说他胆小，怕被人嘲笑，他连拒绝亨利的坏主意也不敢。

要是他是一个真正勇敢的人，他会说："亨利，你以为我会这么傻，中你的计吗？想扔你自己扔呀！"

也许亨利还会笑他是胆小鬼，但乔治可以说："我不会在乎你说什么的。用雪球砸门是不对的，我不做我认为不对的事，就算全城的人都来笑我也不会。"

这才是真正的勇敢。假如亨利看到这样的情景，知道乔治有一颗坚定的心，他就不会嘲笑他了。

智慧感悟

这个故事告诉我们，即使你遭遇困境，或是被所有人反对，你都要有一股无畏的勇气，去坚持你自己认为应当坚持的东西。

压倒一切的气魄

某小国与邻邦的强国交恶，双方的冲突与日俱增，战争的威胁使小国的大使与强国首相坐上了谈判桌。

双方剑拔弩张，小国大使不惜以开战来威胁强国。

小国大使说："我国拥有战车 80 辆，大炮 100 门，足以攻击贵国。"

强国首相轻蔑地笑着说："我们的战车和大炮数量，要多过你们 100 倍。"

小国大使仍不示弱，继续恐吓对方："我国有 25000 人的精良部队，能够占领贵国。"

强国首相大笑："我们拥有的军队，人数多过你们 100 倍。"

谈判至此，小国大使显露慌张神色，表示必须先向国内请示之后，方能继续谈下去。

当双方再度展开谈判时，小国大使的态度有了 180°的转变，趋向妥协，转为向大国求和。强国首相诧异对方的态度，以为小国为己方国力强盛所震撼，故而细问小国大使求和的原因。

小国大使神色自若地回答："不是我们惧怕你们的兵力，而是我们的国土太小，实在容纳不下贵国 250 万的战俘。"

可以把这个故事当笑话听，但我们又不得不为故事中小国大使那压倒一切的气魄所感叹。一个人要成功，就要有敢于成功的勇气。我们见到很多很聪明，想事、办事都很周全的人，却在困难面前和一些大好时机前退缩了。

这种畏缩怯懦，是性格上的弱点，也是品德上的缺失。是好汉，站起来承当吧。

第九章 勇气本身就是一种奖赏

智慧感悟

作家海曼说:"要有战胜一切困难的气魄与信心,否则你不可能成功!"

将勇气保留到底

1983 年，伯森·汉姆徒手攀壁，登上纽约的帝国大厦，在创造了吉尼斯纪录的同时，也赢得了"蜘蛛人"的称号。

美国恐高症康复联席会得知这一消息，致电"蜘蛛人"汉姆，打算聘请他担任康复协会的顾问。

伯森·汉姆接到聘书后，打电话给联席会主席诺曼斯，要他查一查第 1042 号会员，这位会员很快被查了出来，他的名字叫伯森·汉姆。原来他们要聘作顾问的这位"蜘蛛人"，本身就是一位恐高症患者。

诺曼斯对此大为惊讶。一个站在一楼阳台上都心跳加快的人，竟然能徒手攀上四百多米高的大楼，他决定亲自去拜访一下伯森·汉姆。

诺曼斯来到费城郊外的伯森住所。这儿正在举行一个庆祝会。十几名记者正围着一位老太太拍照采访。

原来伯森·汉姆 94 岁的曾祖母听说汉姆创造了吉尼斯纪录，特意从一百公里外的慕拉斯堡罗徒步赶来，她想以这一行动，为汉姆的纪录添彩。

谁知这一异想天开的做法，无意间竟创造了一个耄耋老人徒步百里的世界纪录。

《纽约时报》的一位记者问她，当你打算徒步而来的时候，你是否因年龄关系而动摇过？

老太太精神矍铄，说，小伙子，打算一口气跑一百公里也许需要勇气，但是走一步路是不需要勇气的，只要你走一步，接着再走一步，然后一步再一步，一百公里也就走完了。

恐高症康复联席会主席诺曼斯站在一旁，一下子明白了伯森·汉姆登上帝国大厦的奥秘，原来他有向上攀登一步的勇气。

点点滴滴的勇气，累积起来就能汇集成力量的河流，一如既往地

第九章　勇气本身就是一种奖赏

向前流淌。有人说,能登上金字塔顶峰的两种动物,一种是雄鹰,另一种是蜗牛。雄鹰的力量不会有人惊奇什么,但蜗牛的成功却让人有些始料不及的意味。蜗牛就凭着自己的坚韧和不灭的勇气,朝着一个不变的方向,用微乎其微的脚步丈量着生命的长度。

在动物界,像蜗牛这样将勇气进行到底的例子不在少数,总能引发我们无限的感慨。下面讲到的是一头驴子自救的故事,就让人禁不住惊讶于它的智慧。

在一个小村庄里有一口枯井。一天,一户人家的驴子不小心掉进了这口枯井里,它的主人绞尽脑汁想办法要救出驴子,但不论主人如何努力,就是不能把驴子弄出井口。整整几个小时过去了,驴子还在井底痛苦地哀嚎。

最后,这位主人决定放弃营救活动,他请来左邻右舍帮忙一起将井中的驴子埋了,以免驴子痛苦。于是主人和邻居们手持铲子,开始将泥土铲进枯井中。

这头驴子很快意识到自己的处境和即将到来的死亡,于是凄惨地叫了起来,但所有填土的人并没有停下。忽然,出人意料的事情发生了,驴子的惨叫声停止了。

主人好奇地探头往井底一看,眼前的景象令他大吃一惊:当铲进井里的泥土落在驴子的背部时,驴子的反应令人称奇——它将泥土抖落在一旁,然后站到泥土堆上面!

就这样,驴子每次都将大家倒在身上的泥土悉数抖搂在井底,然后再站上去,不但没有被土活埋,反而离井口越来越近。

很快,这头驴子便得意地上升到井口,然后在众人惊讶的表情中快步地跑开了。

生命的旅程中,我们难免会陷入"枯井",甚至被落井下石。脱困的秘诀就是:将身上的"泥沙"抖搂,然后站到上面去!特别是青少年朋友,在成长的过程中,总会面临一个个"枯井"的考验,但那只不过是一些暂时遇到的困难,只要我们保持旺盛的斗志,将勇气保留到底,勇敢而理智地面对困难,就一定能步出沼泽,迎接新的阳光!

智慧感悟

事实一再证明，在这个世界上，创造出奇迹的人，凭借的都不是最初的那点勇气，但是只要把最初那点微不足道的勇气保留到底，任何人都会创造奇迹。

第十章

自制力是通过悬崖边的安全屏障

> 一个人要成就大的事业，不能随心所欲、感情用事，对自己的言行应有所克制，这样才能使较小错误、缺点得到抑制，不致铸成大错。高尔基说："哪怕是对自己的一点小的克制，也会使人变得强而有力。"德国诗人歌德说："谁若游戏人生，他就一事无成，不能主宰自己，永远是一个奴隶。"要主宰自己，必须对自己有所约束，有所克制。

成吉思汗与猎鹰

成吉思汗是一位伟大的国王和勇士。

他带领军队进军中国与波斯，攻占了许多领土。很多国家的人都在讲述他的英勇战绩。人们说，自亚历山大大帝以来，还没有像他这样的帝王。

一天上午，打完仗回家后，成吉思汗骑马到林中打猎。他的许多朋友和他在一起。他们手拿弓箭，欢快地驱马奔腾。仆人与猎狗跟在后面。

这次狩猎非常愉快。森林里荡漾着他们的欢声笑语。他们打算在傍晚时满载猎物而归。

国王的手腕上站着他心爱的猎鹰。在那个时代，人们训练鹰，是用来狩猎的。听到主人一声命令，它们就会立即飞向高空，四处寻找猎物，一旦发现一只野鹿或兔子，就会像离弦之箭向猎物俯冲而去。成吉思汗与同伴们整整一天都在树林中驰骋，但发现的猎物没有他们预想的那么多。

接近傍晚时，他们打算回家。国王经常在树林中穿行，对各条路都很熟悉。其他人抄近路往回赶，他却选了一条穿越山谷、路途较远的路。

天气很热，国王非常渴。他心爱的猎鹰已经从他的手腕上飞走。猎鹰一定能够找到回家的路。

国王沿路信马由缰。他以前在这条路附近看到过一股清澈的泉水。要是现在能找到它，该多好啊！但是夏日炎炎，山涧的许多小溪已经干涸了。

让他喜出望外的是，他终于在一块岩石底下发现了一丝细流。他知道远处一定有泉水。在湿润的季节，这里总有一股溪水在流淌，但是现在只有水滴在渗出。

第十章 自制力是通过悬崖边的安全屏障

国王下马,从打猎用的袋子中取出一个很小的银杯。然后双手捧着杯子去接水。

要把水杯接满,需要很长一段时间。国王渴得要命,简直再也等不下去了。水杯终于快接满了,他赶紧把杯子端到嘴边,正要喝,突然天空中传来一阵呼啸声,他手中的水杯被打落在地。杯中的水洒在地上。

国王抬头,看是什么东西干的,却发现是自己心爱的猎鹰。

猎鹰围着国王飞了几圈,然后落到泉水旁的岩石丛中。

国王捡起水杯,又去接水。

这次他再也等不了刚才那么长的时间了。刚接了半杯水,他就迫不及待地端到唇边。然而还没等他喝进口,那猎鹰又俯冲下来,将水杯从他的手中打落。

国王开始生气了。他又试了一次,但那猎鹰还是没有让他成功。

国王这次真的生气了。

"你怎么胆敢这样做?"他喊道,"如果我抓住你,一定要把你的脖子拧断。"然后,他又开始接水。但是这次在喝水之前,他抽出了腰间的宝剑。

"嘿,猎鹰先生,"他说道,"这可是最后一次了。"

他还没有说完,那猎鹰就俯冲下来,把他的水杯打翻在地。然而国王也做好了准备,他手中的宝剑一挥,正好砍在那猎鹰的身上。

可怜的猎鹰跌落在地,血如泉涌,不一会儿就死在了主人的脚下。

"这是你罪有应得。"成吉思汗说道。

他转身开始找水杯,却发现水杯已经滚到两块石头之间,无法取出了。

"不管怎样,我必须喝点泉水。"他自言自语道。

想到这里,他开始沿着陡峭的石壁向泉水的源头爬去。路很不好走,他越往上爬,越感到干渴难忍。

最后他终于来到了目的地。那里确实有一个小水潭。但水潭中躺着一个什么东西,差不多把水潭都填满了。原来是一条带有剧毒的死蛇。

国王停住脚步。他忘记了干渴,想起了死去的猎鹰。

"原来是猎鹰救了我一命!"他大声喊道,"而我刚才却那样回报它!它是我最好的朋友,我却把它杀死了。"

他爬下石壁,轻轻将猎鹰捡起,放到行李袋中。然后上马,疾驰而归。他对自己说:"今天我吸取了一条惨痛的教训,那就是,无论干什么,千万不要意气用事!"

智慧感悟

当你的感情控制了理智时,你将成为感情的奴隶;只有战胜你自己的感情,你才能真正获得自由。

第十章　自制力是通过悬崖边的安全屏障

扫地扫地扫心地

有一个扫地和尚的故事，说的是一座县城里，有一位老和尚，每天天蒙蒙亮的时候，就开始扫地，从寺院扫到寺外，从大街扫到城外，一直扫出离城十几里。天天如此，月月如此，年年如此。小城里的年轻人，从小就看见这个老和尚在扫地。那些做了爷爷的，从小也看见这个老和尚在扫地。老和尚虽然很老很老了，就像一株古老的松树，不见它再抽枝发芽，可也不再见衰老。

有一天老和尚坐在蒲团上，安然圆寂了，可小城里的人谁也不知道他活了多少岁。过了若干年，一位长者走过城外的一座小桥，见桥石上镌着字，字迹大都磨损，老者仔细辨认，才知道石上镌着的正是那位老和尚的传记。根据老和尚遗留的度牒记载推算，他享年137岁。

据说军阀孙传芳部队有一位将军在这小城扎营时，突然起意要放下屠刀，恳求老和尚收他为佛门弟子。这位将军丢下他的兵丁，拿着扫把，跟在老和尚的身后扫。老和尚心中自是了然，向他唱了一首偈：

扫地扫地扫心地，

心地不扫空扫地。

人人都把心地扫，

世上无处不净地。

现代人也许会讥笑这位老和尚除了扫地，扫地，还是扫地，生活太平淡、太清苦、太寂寞、太没戏。其实这位老和尚就是在这平淡中，给小城扫出了一片净土，为自己扫出了心中的清净，扫出了137岁高寿，谁能说这平淡不是人生智慧的提炼？这个故事就说明了平淡对人心清净的重要。

法国杰出的启蒙哲学家卢梭认为现代人物欲太盛，他说："十岁时被点心、二十岁被恋人、三十岁被快乐、四十岁被野心、五十岁被贪婪俘虏。人到什么时候才能只追求睿智呢?"人心不能清净,是因为物欲太盛。人生在世,不能没有欲望。除了生存的欲望以外,人还有各种各样的欲望,欲望在一定程度上是促进社会发展和自我实现的动力。可是,欲望是无止境的,尤其是现代社会物欲更具诱惑力,如果管不住自己的欲望,任它随心所欲,就必然会给人带来痛苦和不幸。

如果一个人有太多的物欲和虚荣心,那么他在行走时,就会因这些重负而寸步难行。

有一位禁欲苦行的修道者,准备离开他所住的村庄,到无人居住的山中去隐居修行,他只带了一块布当作衣服,就一个人到山中居住了。

后来他想到当他要洗衣服的时候,他需要另外一块布来替换,于是他就下山到村庄中,向村民们乞讨一块布当作衣服,村民们都知道他是虔诚的修道者,于是毫不犹豫地就给了他一块布,当作换洗用的衣服。

当这位修道者回到山中之后,他发觉在他居住的茅屋里面有一只老鼠,常常会在他专心打坐的时候来咬他那件准备换洗的衣服,他早就发誓一生遵守不杀生的戒律,因此他不愿意去伤害那只老鼠,但是他又没有办法赶走那只老鼠,所以他又回到村庄中,向村民要一只猫来饲养。

得到了一只猫之后,他又想到了——"猫要吃什么呢?我并不想让猫去吃老鼠,但总不能跟我一样只吃一些水果与野菜吧!"于是他又向村民要了一只乳牛,这样子那只猫就可以靠牛奶为生。

但是,在山中居住了一段时间以后,他发觉每天都要花很多时间来照顾那只母牛,于是他又回到村庄中,他找到了一个单身汉,于是就带着这无家可归的单身汉到山中居住,帮他照顾乳牛。

那个单身汉在山中居住了一段时间之后,他跟修道者抱怨说:"我跟你不一样,我需要一个太太,我要正常的家庭生活。"

修道者想一想也有道理,他不能强迫别人一定要跟他一样,过着禁欲苦行的生活……

这个故事就这样继续演变下去,你可能也猜到了,到了后来,也许是半年以后,整个村庄都搬到山上去了。一个人如果物欲太盛,那

第十章 自制力是通过悬崖边的安全屏障

么他的心就永远难以平静,也就谈不上修身养性了。

智慧感悟

在追名逐利唯恐不及的现代社会里,不要小瞧这不起眼的平淡的心态,它能于利不趋,于色不近,于失不馁,于得不骄。它能抗拒物欲的诱惑,帮你事业有成。有了它,上帝不会忘记你,会教你彻悟人生的真谛,进入宁静致远的人生境界。即使上帝忘了你,也不要紧,最起码你还会落个淡然适然,不急不躁,不至于让心猿意马把你搅得心神不安。

世界上最难说的字

"波波——卡塔——佩特尔，天啊！这个词太难说了，再让我试一下，波波——卡塔——，我永远也读不准这个词。地理课上如果没有这个词就好了。"约翰说，显然他很不耐烦了，"你能教我读这座山的名字吗，爸爸?"

"哦，约翰，你是说这个音难发是吗？我知道还有比这更难说出口的呢。"

"唉，爸爸，这是我所见过的最难发的音了。"约翰答道，"但愿他们能把这名字丢进火里烧掉。"

"我知道这个词怎么发音，"约翰的哥哥简说，"波波——卡塔——佩特尔。"

"波波——卡塔——佩特尔。"约翰重复着说，"还好，但愿不要有更长的词了，读起来也没这么难。"

"我倒不这么想，"父亲说，"依我看，最难说的词是那些最短的。有一个只有两个字母的词，但只有少数孩子在想说的时候能说出来，连大人也不例外。"

"我想，那个词肯定是从德语或法语中转借来的，是不是，爸爸?"

"不，它是个英文单词。这个词在其他任何一种语言里都存在。也许你们会觉得非常奇怪。"

"两个字母的，能是什么单词呢?"两兄弟一齐说道。

"在所有的词中，我所见过的最难说的就是仅仅两个字母的'NO'。"

"你在骗我们！"兄弟俩大喊，"这可是世界上最好说的词呀?"为了证明他们父亲的错误，他们说了无数遍"NO"。

"我可没开玩笑。我认为这是所有词里最难说的一个。你今天觉得很容易，明天就可能说不出口了。"

第十章 自制力是通过悬崖边的安全屏障

"我肯定能说出这个词。"约翰很自信地说,"NO,这就像呼吸那样容易。"

"好,约翰,我希望你能像想象的那样,当你在应该说'不'的时候能轻轻松松地说出来。"

早晨,约翰高高兴兴地上学去了,他很自豪,因为他能把那个难读的词读出来了。

学校附近有一个很深的池塘,冬天结冰时,男孩们常到那儿去滑冰。

一夜之间,池塘的水面成了美丽的冰面。早晨,当孩子们去上学的时候看见了那光滑、平坦的冰面就像玻璃一样。天气十分寒冷,他们想,到中午冰面就会被冻得足够厚实,那时就可以滑冰了。一下课,孩子们就跑到池塘边,有的想试一试,有的只是看看热闹。

"约翰,快来呀!"威廉·格林大声喊着,"我们可以美美地溜上一圈了。"

约翰却犹豫不决,他说冰面只是昨天晚上才冻的,还不够结实。

"噢,笨蛋,"另一个男孩说,"够结实了,以前的冰面也是在一天之内冻成的,不会有问题,是吗,汉森?"

"是啊,"汉森·布朗说,"去年冬天也是一晚上就冻成了,而且今年比去年更冷些。"

约翰还是有点犹豫,因为没有得到父亲的允许他不敢去滑冰。

"我知道他为什么不来,"汉森说,"他怕摔倒,他怕受伤。"

"或者他是怕冰发出的声音,"另一个男孩说,"那声音肯定会使他害怕。"

"他是个胆小鬼,所以不肯来。"

约翰再也无法忍受这些嘲笑了。自己的勇敢一直是他的骄傲。"我不怕。"他大声说,第一个跳到冰面上。男孩们玩得十分开心,他们跑呀,滑呀,想在光滑的冰面上抓住对方。

越来越多的孩子加入了他们的行列,几乎所有的人都很快地忘记了危险。突然,有人大喊:"冰裂了!冰裂了!"果然冰裂了,三个孩子掉了下去,在水中挣扎着,约翰也在其中。

冰面裂开的那一瞬间,老师听到嘈杂声,正要叫他们出来。他从旁边的一个篱笆上拆下几根木条，沿着冰面伸过去，直到水中的孩子能够抓到。过了一会儿，他终于把三个快要冻僵的孩子救出了池塘。

当约翰被送到家时，他父母担心极了，他们听说了儿子差点被淹死的过程。在约翰暖和过来以前，他们什么也没问，他们庆幸他完全脱险了。到了晚上，当大家都坐在壁炉边的时候，父亲问他为什么忘了他的劝告。

约翰回答说他自己并不想去而是其他的孩子非让他去不可。

"他们是怎样非让你去不可的。他们把你抓去的还是拖去的？"父亲接着问。

"不，他们没拉我，但他们想让我去。"

"那你怎么不说'不'呢？"

"我想这样说，但他们叫我胆小鬼，还说我害怕不敢去，他们这样说，我无法忍受。"

"换句话说，你宁可不听我的话，冒着生命危险也不愿对人说'不'，是吗？昨晚，你说'不'最容易说，但你没做到，不是吗？"

约翰开始明白为什么"不"这个字那么难以出口了。不是因为它太长，也不是因为它多音，而是因为说"不"时需要真正的勇气，尤其是当你面对诱惑的时候。

从此，每当约翰受到去做错事的诱惑时，他就会想到他是怎样逃过那一劫的。他会想起说"不"的重要性，当需要说"不"时，他会毫不费力地说出来。

智慧感悟

说"不"固然代表"拒绝"，但也代表"选择"，一个人通过不断的选择来形成自我，界定自己。因此，当你说"不"的时候，就等于说"是"。你"是"一个不想成为什么样子的人。勇敢说"不"，这并不一定会给你带来麻烦，反而是替你减轻压力。如果你想活得自在一点，原则一点，就请勇敢地站出来说"不"。记住，你不必为拒绝不正确的事情而内疚，因为那是你的权利，也是你走向成熟必上的一课。

第十章 自制力是通过悬崖边的安全屏障

控制你的脾气

有一个男孩有着很坏的脾气，于是他的父亲就给了他一袋钉子并且告诉他，每当他发脾气的时候就钉一颗钉子在后院的围篱上。第一天，这个男孩钉下了 37 颗钉子。慢慢地每天钉下的数量减少了。他发现控制自己的脾气要比钉下那些钉子来得容易些。终于有一天这个男孩再也不会失去耐心乱发脾气，他告诉他的父亲这件事，父亲告诉他，现在开始，每当他能控制自己脾气的时候，就拔出一颗钉子。时间一天天地过去了，最后男孩告诉他的父亲，他终于把所有的钉子都拔出来了。

父亲握着他的手来到后院，"你做得很好，我的好孩子，但是许多时候，乱发脾气，就会像这些钉子一样留下疤痕。如果你拿刀子捅别人一刀，不管你说了多少次对不起，那个伤口将永远存在。话语的伤痛就像真实的伤痛一样令人无法承受。"

世上没有任何人生来脾气就很好，完全不用克制和改善；同样，也没有人生来脾气就很坏，以至于后天的修养都于事无补。可以相信，脾气是能够受到约束的。

罗格·谢尔曼原本出身低微，后来却当上了美国首届国会议员，他的观点还赢得了议会中那些知名人士的普遍认同。他成了自己脾气的主人，一生都很注重自身的修养。以下这件轶事就是关于他的脾气的。

在他已成为国会议员后的一天，他在会客室里阅读书刊。相邻房间里的一个顽皮学生拿着一面镜子，将太阳光反射到谢尔曼先生的脸上。谢尔曼将椅子移开一点儿，但那学生依旧不知趣地继续恶作剧。当他第三次移动椅子时，那男孩还是将阳光反射到他脸上。谢尔曼先生放下书，走到窗户前。很多旁观者都以为他会将这个顽劣的学生训斥一顿，他却轻轻地打开窗户，接着——将百叶窗放了下来！

谢尔曼的情感原本十分强烈，但是他已经习惯于控制自己的感情，习惯于稳重、平静和自我约束。谢尔曼先生一直坚持在家中进行宗教仪式。一个清晨，他同往常一样召集家人一块儿祈祷。桌上摆放着陈旧的《圣经》。

他开始诵读《圣经》。坐在他旁边的孩子玩了些小把戏。谢尔曼先生停下来，叫他安静些。他接着读，可没过多久，又不得不停下来教训这个小调皮——小家伙非常好动，一刻也停不下来。这次，谢尔曼先生用手掌拍了拍他的脸蛋。这一掌——假如这也称得上是一掌的话——碰巧被他的老母亲看见了。她吃力地站起来，颤巍巍地穿过房间，来到他面前，当着众人的面扇了他一个耳光。"是呀，"她说，"你打你的儿子，我也打我的儿子。"

谢尔曼先生的脸顿时涨得通红。但他很快就恢复了常有的平静和祥和。他停了停，拾起眼镜，瞧了瞧他母亲，接着又诵读起来。他镇定地读着，没有读错一个字。他的这一举动为他家人树立了榜样。

智慧感悟

能自如地控制自己的脾气，是一个人涵养的重要体现。为脾气所左右的人，必定没有豁达的心胸和过人的修为，这势必影响自己的前程。

第十章　自制力是通过悬崖边的安全屏障

征服世界，先学会自制

约翰尼·卡特早有一个梦想——当一名歌手。参军后，他买到了自己有生以来的第一把吉他。他开始自学弹吉他，并练习唱歌，他甚至自己创作了一些歌曲。服役期满后，他开始努力工作以实现当一名歌手的夙愿，可他没能马上成功。没人请他唱歌，就连电台唱片音乐节目广播员的职位也没能得到。他只得靠挨家挨户推销各种生活用品维持生计，不过他还是坚持练唱。他组织了一个小型的歌唱小组在各个教堂、小镇上巡回演出，为歌迷们演唱。最后，他灌制的一张唱片奠定了他音乐工作的基础。他吸引了两万名以上的歌迷，金钱、荣誉、在全国电视屏幕上露面——所有这一切都属于他了。他对自己坚信不疑，这使他获得了成功。

然而，卡特又接着经受了第二次考验。经过几年的巡回演出，他被那些狂热的歌迷拖垮了，晚上须服安眠药才能入睡，而且还要吃些"兴奋剂"来维持第二天的精神状态。他开始沾染上一些恶习——酗酒、服用催眠镇静药和刺激兴奋性药物。他的恶习日渐严重，以致对自己失去了控制能力：他不是出现在舞台上而是更多地出现在监狱里了。到了1967年，他每天须吃一百多片药片。

一天早晨，当他从佐治亚州的一所监狱刑满出狱时，一位行政司法长官对他说："约翰尼·卡特，我今天要把你的钱和麻醉药都还给你，因为你比别人更明白你能充分自由地选择自己想干的事。看，这就是你的钱和药片，你现在就把这些药片扔掉吧，否则，你就去麻醉自己，毁灭自己，你选择吧！"

卡特选择了生活。他又一次对自己的能力作了肯定，深信自己能再次成功。他回到纳什维利，并找到他的私人医生。医生不太相信他，认为他很难改掉吃麻醉药的坏毛病，医生告诉他："戒毒瘾比找上帝还难。"

卡特并没有被医生的话吓倒，他知道"上帝"就在他心中，他决心"找到上帝"，尽管这在别人看来几乎不可能。他开始了他的第二次奋斗。他把自己锁在卧室闭门不出，一心一意就是要根绝毒瘾，为此他忍受了巨大的痛苦，经常做噩梦。后来在回忆这段往事时，他说，他总是昏昏沉沉，好像身体里有许多玻璃球在膨胀，突然一声爆响，只觉得全身布满了玻璃碎片。当时摆在他面前的，一边是麻醉药的引诱，另一边是他奋斗目标的召唤，结果他的信念占了上风。九个星期以后，他又恢复到原来的样子了，睡觉不再做噩梦。他努力实现自己的计划。几个月后，他重返舞台，再次引吭高歌。他不停息地奋斗，终于又一次成为超级歌星。

和卡特的经历有些相仿的是，世界球王贝利也曾经和不良的习惯斗争过。被人们称为"黑珍珠"的巴西足球运动员贝利，自幼酷爱足球运动，并很早就显示出他超人的才华。

有一次，小贝利参加了一场激烈的足球赛，累得喘不过气来。

休息时，贝利向小伙伴要了一支烟。他得意地吸起烟，嘴里吐出一缕缕淡淡的烟雾。小贝利有点儿陶醉了，似乎刚才极度的疲劳也烟消云散了。

这一切，全被父亲看到了，父亲的眉头皱起了一个大疙瘩。

晚上，父亲坐在椅子上问贝利："你今天抽烟了？"

"抽了。"小贝利意识到自己做错了事，红着脸，低下了头，准备接受父亲的训斥。

但是，父亲并没有发火。他从椅子上站起来，在屋里来来回回走了好半天，才平静地对贝利说："孩子，你踢球有几分天资，也许将来会有出息。可惜，你现在要抽烟了，抽烟，会损坏身体，使你在比赛时发挥不出应有的水平。"

小贝利的头更低了。父亲又语重心长地接着说："作为父亲，我有责任教育你向好的方面努力，也有责任制止你的不良行为。但是，是向好的方向努力，还是向坏的方向滑去，做决定的是你自己。我只想问问你，你是愿意抽烟呢？还是愿意做个有出息的运动员呢？孩子，你该懂事了，自己选择吧！"说着，父亲还从口袋里掏出一沓钞票，递给贝利，并说道："如果你不愿意做个有出息的运动员，执意要抽烟的话，这点钱就作为你抽烟的钱吧！"父亲说完便走了出去。

小贝利望着父亲远去的背影，仔细回味着父亲那深沉而又恳切的话语，不由得哭了。他哭得好难过，过了好一阵子，才止住哭声。小贝利猛然醒悟了，他拿起桌上的钞票还给了父亲，并坚决地说："爸爸，我再也不抽烟了，我一定要当个有出息的运动员。"

从此以后，贝利不但与烟绝缘，还刻苦训练，球艺飞速提高。15岁参加桑托斯职业足球队，16岁进入巴西国家队，并为巴西队永久占有"女神杯"立下奇功。如今，贝利已成为拥有众多企业的富翁，但他仍然不抽烟。

智慧感悟

一个人想要征服世界，首先要战胜自己。

"有所为，有所不为"是成就大事业的基本前提，高尔基说："哪怕是对自己的一点小的克制，也会使人变得强而有力。"一个人应该努力克服一切不良的习惯。

第十一章
坚韧是意志的最好助手

> 人在极端状况下爆发的潜能有时连自己都难以相信。不可否认，人的确有超越自己、超越自然的潜能。只要自己的信心不倒，不利的环境并不能阻碍一个人的发展。在逆境中，更要坚韧不拔，让生命之花傲然绽放。

喜欢解决难题的阿基米得

从前有一个叫希罗的叙拉古王。他统治的国家相当小，但正因此他想要一顶世界上最大的王冠。于是他叫来一个有名的金匠，当然，他是一个技艺非常出色的金匠，并交给他十磅纯金。

"用它铸出一顶让世界上所有国王都羡慕的王冠，"他说，"把我给你的每一粒金子都用上，不许混进任何别的金属。"

"你会得到你想要的王冠，"金匠说，"我收了你10磅金子，90天后我将给你一顶同样分量的王冠。"

90天后，正如他所答应的，金匠送来了王冠。这是一件出色的作品，每个人都说世界上再也找不出可与它相匹敌的王冠了。当希罗王把它戴在头上，它并不那么令人惬意，可国王并不在乎它戴着是否舒服——他相信世界上再也没有国王拥有如此漂亮的王冠了。他端着王冠左顾右盼，然后把它放到他的秤盘上。它和国王要求的分量毫厘不差。

"你应该受到最高的奖赏，"国王对金匠说，"你的工作非常出色，而且没有丢失一粒金子。"

在国王的大臣中有一个非常聪明的人叫阿基米得，当他被叫来欣赏国王的王冠时，他将王冠翻来覆去地端详了很长时间。

"怎么，你觉得它怎样？"希罗问道。

"手艺确实很出色，"阿基米得说，"不过这金子……"

"金子一点不差，"国王叫道，"我已经用自己的秤称过了。"

"分量也许一样，"阿基米得说，"但金子的成色不大对头。它不像是赤金，而呈亮黄色，你能清楚地看出这一点。"

"绝大多数金子都是黄色的，"希罗说，"不过你这么一说，我倒想起来原先的金块的确比它颜色要深。"

"金匠会不会偷下一两磅金子，然后用黄铜和银子补足分量呢？"

第十一章　坚韧是意志的最好助手

阿基米得问道。

"哦，他不会的，"希罗说，"金子不过是在铸造过程中改变了颜色罢了。"

但他越是琢磨这事，对王冠的满意程度就越少。最后，他对阿基米得说，"你有没有什么办法证明金匠确实欺骗了我，或者他是诚实的？"

"我想不出有什么办法。"阿基米得回答道。

但是阿基米得从来不认为什么事是不可能的。他从解决难题中得到极大的乐趣。当有什么问题难住了他，他总是拼命钻研，直到找出答案为止。因此，一天又一天，他反复思考着关于这个金子的难题，试图找到一个既不损坏王冠又能检验金子成色的办法。

一天早上，当他准备洗澡的时候，他仍然思考着这个问题。澡盆里放满了水，当他跨进去的时候，水就从澡盆里溢了出来。同样的事情发生过上百次，但是第一次阿基米得开始思考这个问题。

"当我跨进澡盆时，有多少水溢了出来？"他问自己，"谁都知道溢出来的水的体积等于我身体的体积。一个体积是我的一半的人跨进澡盆时，溢出的水也将是我的一半。"

"现在假如我把希罗的王冠放入澡盆，那么它所排出的水正好是王冠的体积。啊，让我想想！金子比银子沉得多。10磅纯金的体积比七磅金子加三磅银子的体积要小。如果希罗的王冠是纯金的，它排出的水将和任何10磅纯金的水一样多。但是假如金匠在金子中掺进了银子，它排出的水就会比纯金多。我终于想出办法了！我知道了！我知道了！"

阿基米得不顾一切地冲出浴室，身上一丝不挂，向王宫跑去，嘴里大喊大叫："尤里卡！尤里卡！尤里卡！"这是希腊语，意思是"我发现了！我发现了！我发现了！"

王冠接受了检验，发现它排出的水远远多于10磅纯金排出的水。金匠的罪行得到了证实。但是不知道他是否受到了惩罚，因为这比起阿基米得的发现来已显得不重要了。

阿基米得在澡盆里的发现对世界来说比希罗的王冠更有价值。

智慧感悟

阿基米得是古希腊著名的发明家和数学家，约于公元前290年出生于希腊殖民地西西里的叙拉古。这个有关他最著名的发现之一的故事，对人类在智力领域的坚韧品格是一个珍贵的启示。正如美国的阿基米得·托马斯·爱迪生所说，天才是百分之一的灵感加百分之九十九的汗水。

第十一章　坚韧是意志的最好助手

挡住那个洞口

荷兰的绝大部分国土低于海平面，只有依靠海堤的阻挡才能使陆地免受海水的侵袭。为了保护自己的家园，几个世纪以来，荷兰人民一直在加固这些海堤。即使是孩子们也知道这些海堤必须时刻得到看护，哪怕指头大小的一个小洞，也会引起灾难性的后果。

许多年前，在荷兰有一个叫彼得的男孩。彼得的父亲是一个守卫海堤水闸的工人，负责启闭水闸以便船只从荷兰的运河进入大海。

彼得8岁那年，一个早秋的下午，母亲招呼正在玩耍的彼得。"来，彼得，"她说，"你穿过海堤把这些饼给你的瞎子朋友送去。如果你走快点，不停下来玩耍，在天黑前就可以回到家里了。"

这小男孩非常乐意去做这件事，他带着愉快的心情上路了。他和那个瞎子男人一起待了一小会儿，告诉他走过海堤的情形，他见到的太阳、花朵和远处海上的船只。他想起了母亲让他天黑前回家的嘱咐，就和他的朋友道了再见，走上回家的路。

当他走过运河边的时候，他注意到雨水使水面上涨了，波浪冲刷着海堤。这使他想起了父亲守卫的水闸。

"我真高兴海堤这么坚固，"他对自己说，"如果它们垮了，真不知道会发生什么事？这片美丽的土地将被海水淹没。爸爸总是叫它们'愤怒的水'，我猜想爸爸认为它们对他发怒是因为他把它们关在外边太久了。"

他不时停下来在路边采上几朵美丽的蓝色花儿，或者听一听野兔跑过草地时发出的轻柔的足音。更多的时候，他因为想起对那个可怜瞎子的看望而微笑着。可怜的瞎子是那样缺少快乐，每次见到他总是那么开心。

突然他注意到太阳正在西沉，天快黑了。"妈妈一定在盼我呢，"想到这里，他拔腿朝家中跑去。

正在这时，他听到了一个声音。那是水流的滴答声！他停住往下看。海堤上有一个小洞，一小股水流正通过它渗进堤内。

荷兰的每一个孩子一想到海堤的裂隙都会感到恐惧。

彼得立刻意识到了危险。一旦水流在海堤上穿出一个小洞，它很快会将小洞变成大洞，最后将淹没整个国家。他马上意识到自己该干什么。他扔掉手中的花束，爬下海堤，用手指堵住了洞眼。

水流停止了。

"嘿！"他对自己说，"愤怒的水这下被挡回去了。我用手指把它们挡回去了。只要我在这儿，荷兰就不会被淹没。"

开始的时候，一切都不错，但是不久天就黑了，也变冷了。小男孩拼命喊叫。"来人哪！来人哪！"但是没有人听到他的叫喊，没有人来帮助他。

天更冷了，他的两臂酸疼，又僵又麻。他再一次呼叫："没有人来帮我吗？妈妈！妈妈！"

太阳下山以后，他的妈妈已经焦急地用目光在海堤上搜寻了好多次，但是现在她关上了农舍的门，因为她想她的小男孩一定留在他的瞎子朋友那儿过夜了。未经她的允许就在外边过夜，明早她一定要好好训诫他一顿。

彼得想用口哨引起别人的注意，但是天冷得他的牙齿直打战。他想着他那正躺在温暖的被窝里的弟弟和妹妹，还有他亲爱的爸爸、妈妈。"我不能让他们被水淹死，"他想，"我必须一直待在这儿，直到有人来帮我，即使我得整夜待在这里也不能退却。"

小男孩蹲坐在海堤边的一块石头上，月亮和星星向下看着他。他的头低下了，眼睛闭上了，但他并没有睡着，他不时用另一只手揉一揉那只抵挡着愤怒的大海的手。

"无论如何我一定要坚持住，"他想。他坚守了整整一夜，把海水挡在堤外。

第二天一早，一个从堤上走过的赶路人听到了孩子的呻吟声。他从堤边往下探看，发现一个小男孩紧靠在海堤上。

"发生什么事了？"他喊道，"你受伤了吗？"

"我在阻挡海水，"彼得叫道，"告诉他们快来人！"

第十一章 坚韧是意志的最好助手

警报传开了。人们带着铁锹赶来，洞口很快修复了。

他们把彼得带回家，交给他的父母。不久整个小镇都知道了他如何在那天夜里救了大家的命。直到今天，人们还永远铭记着这位勇敢的荷兰小英雄。

智慧感悟

真正的毅力是：为了完成职责，不顾痛苦、孤独和危险的勇气；坚持到底、永不放弃的意愿；比大海的分量更强大的决心。

做境遇的主人

在古希腊神话中，有一个西齐弗的故事。西齐弗因为在天庭犯了法，被天神惩罚，降到人世间来受苦。对他的惩罚是：要推一块石头上山。每天，西齐弗都费了很大的劲把那块石头推到山顶，然后回家休息，可是，在他休息时，石头又会自动地滚下来，于是，西齐弗又要把那块石头往山上推。这样，西齐弗所面临的是：永无止境的失败。天神要惩罚西齐弗的，也就是要折磨他的心灵，使他在"永无止境的失败"命运中，受苦受难。

可是，西齐弗不肯认命。每次，在他推石头上山时，天神都打击他，用失败去折磨他。西齐弗不肯在成功和失败的圈套中被困住，他在面对绝对注定的失败时，表现出明知失败也决不屈服的抗争意志。天神因为无法再惩罚西齐弗，就放他回了天庭。

西齐弗的命运可以解释我们一生中所遭遇的许多事情，其中最关键的是：生活中的困难都是有"奴性"的，如果你凭自己的努力战胜了它，你便是它的主人，否则你将永远是它的奴隶。

智慧感悟

顺境固然好，它可以让你毫不费力地到达自己理想的彼岸，但如果一个人处于逆境之中怎么办？只有秉着信念之灯继续前行，一直到达阳光地带。正如大多数成功者所坚信的那样："我知道我不是境遇的牺牲者，而是它们的主人。"

第十一章 坚韧是意志的最好助手

小泥人过河

某一天,上帝宣旨说,如果哪个泥人能够走过他指定的河流,他就会赐这个泥人一颗永不消失的金子般的心。

这道旨意下达之后,长时间内没有泥人回应。冬去春来,一年又一年。不知道过了多久,终于有一个小泥人站了出来,说他想过河。

"泥人怎么能过河呢?你不要做梦了。"

"你知道肉体一点儿一点儿失去的那种感觉吗?"

"你将会成为鱼虾的美食,连一根头发都不会留下……"

然而,这个小泥人决意要过河。他不想一辈子只做这样一个小泥人。他想拥有自己的天堂。但是,他也知道,要到天堂,必须先过地狱。

他的地狱,就是他将要去经历的河流。

小泥人来到河边,犹豫了片刻,便把他的双脚踏进了水中。顿时,一种撕心裂肺的疼痛覆盖了他。他感到自己的脚在飞快地溶化着,每一分每一秒都在远离自己的身体。

"快回去吧,不然你会毁灭的!"河水咆哮着说。

小泥人没有回答,只是默默地往前挪动。一步、又一步……这一刻,他忽然明白,他的选择,使他连后悔的资格都不具备了。如果倒退上岸,他就是一个残缺的泥人;在水中迟疑,只能够加快自己的毁灭。而上帝给他的承诺,则比死亡还要遥远。

小泥人孤独而倔强地走着。这条河真宽啊,仿佛耗尽一生也走不到尽头似的。小泥人向对岸望去,看到了那里锦缎一样的鲜花和碧绿无垠的草地,还有轻盈飞翔的小鸟。上帝一定坐在树下喝茶吧,也许那就是天堂的生活。可是他付出一切却可能什么都得不到。没有人知道他,知道他这样一个小泥人和他那个梦一样的理想。上帝没有赐给他出生在天堂当花草的机会,也没有赐他一双小鸟的翅膀。但是,这能够埋怨上帝吗？上帝是允许他去做泥人的，是他自己放弃了安稳的生活。

　　小泥人的泪水流下来，冲掉了脸上的一块皮肤。他赶紧抬起脸，把其余的泪水统统压回了眼睛里。泪水顺着喉咙流下来，滴在小泥人的心上。小泥人第一次发现，原来流泪也可以有这样的一种方式——对他来说，也许这是现在唯一可能的方式。

　　小泥人以一种几乎不可能的方式向前挪动着，一厘米，一厘米，又一厘米……鱼虾贪婪地啄着他的身体，松软的泥沙使他每一瞬间都摇摇欲坠。有无数次，他都被波浪呛得几乎窒息。小泥人真想躺下来休息一下啊！可他知道，一旦躺下他就会永远安眠，连痛苦的机会都会失去。他只能忍受，忍受，再忍受。奇妙的是，每当他觉得自己将要死去的时候，总有什么东西能够使他坚持到下一刻。

　　不知道过了多久——简直就到了让他绝望的时候，他突然发现，自己居然上岸了。他如释重负，欣喜若狂，正想往草坪上走，又怕自己的衣衫玷污了天堂的洁净。他低下头，开始打量自己，却发现，他已经什么都没有了——除了一颗金灿灿的心。而他的眼睛，正长在他的心上。

　　他什么都明白了：天堂里从来就没有什么幸运的事情。花草的种子先要穿越沉重黑暗的泥土才得以在阳光下发芽微笑，小鸟失去了无数根羽毛后才能够锤炼出凌空的翅膀，就连上帝，也不过是曾经在地狱中走了最长的路，挣扎得最艰难的那个人。而作为一个小小的泥人，他只有以一种奇迹般的勇气和毅力才能够让生命的激流荡清灵魂的浊污，然后，照亮自己本来就有的那颗金子般的心。

智慧感悟

　　上帝是公平的，他在把苦难撒向人间的同时，往往准备好了厚重的回报等着勇士去拿。当苦难不期而至时，我们要视苦难为财富，为机遇，向它宣战。当你成功地征服它之后，就能得到命运的回报，真切地感受到生活的甘甜、人生的价值。

第十一章　坚韧是意志的最好助手

蹚过命运的冰河

城市被围，情况危急。守城的将军派一名士兵去河对岸的另一座城市求援，假如救兵在明天中午赶不回来，这座城市就将失陷。

整整两个时辰过去了，这名士兵才来到河边的渡口。

平时渡口这里会有几只木船摆渡，但是由于兵荒马乱，船夫全都避难去了。

本来他是可以游泳过去的，但是现在数九寒天，河水太冷，河面太宽，而敌人的追兵随时可能出现。

他的头发都快愁白了，假如过不了河，不仅自己会当俘虏，就连城市也会落在敌人手里。万般无奈，他只得在河边静静地等待。

这是一生中最难熬的一夜，他觉得自己都快要冻死了。

他真是四面楚歌、走投无路了。自己不是冻死，就是饿死，要么就是落在敌人手里被杀死。

更糟的是，到了夜里，起了北风，后来又下起了鹅毛大雪。

他冻得瑟缩成一团，他甚至连抱怨自己命苦的力气都没有了。

此时，他的心里只有一个念头：活下来！

他暗暗祈求：上天啊，求你让我再活一分钟，求你让我再活一分钟！

也许他的祈求真的感动了上天，当他奄奄一息的时候，他看到东方渐渐发亮。

等天亮时他惊奇地发现，那条阻挡他前进的大河上面，已经结了一层冰壳。

他往河面上试着走了几步，发现冰冻得非常结实，他完全可以从上面走过去。

他非常高兴，就牵着马从上面轻松地走了过去。

当我们抱怨自己命运悲惨的时候，不妨换个角度想一想，也许我们遇到的苦难不是太多，而是太少，当苦难超过我们能够忍受的极限时，它可能反而会成为引导我们向前的动力，帮助我们渡过那条命运之河。

智慧感悟

无论任何时刻都应保持坚定的信念，顽强的意志，奋发图强，哪怕付出血与肉的代价也在所不惜，这才是强者的风范。一千次倒下，在一千零一次站起来，这才是真正的人生。

拥有了这种背水一战的坚韧，你可以渡过生命中的任何一条冰河。

第十一章 坚韧是意志的最好助手

永远进取的心

1944年4月7日，施罗德出生在下萨克森州的一个贫民家庭。他出生后第三天，父亲就战死在罗马尼亚。母亲当清洁工，带着他们姐弟二人，一家三口相依为命。

生活的艰难使母亲欠下许多债。一天，债主逼上门来，母子抱头痛哭。年幼的施罗德拍着母亲的肩膀安慰她说："别伤心，妈妈，总有一天我会开着奔驰车来接你的！"40年后，终于等到了这一天。施罗德担任了下萨克森州总理，开着奔驰车把母亲接到一家大饭店，为老人家庆祝80岁生日。

1950年，施罗德上学了。因交不起学费，初中毕业他就到一家零售店当了学徒。贫穷带来的被轻视和瞧不起，使他立志要改变自己的人生："我一定要从这里走出去。"他想学习。他在寻找机会。1962年，他辞去了店员之职，到一家夜校学习。他一边学习，一边到建筑工地当清洁工。不仅收入有所增加，而且圆了他的上学梦。

四年夜校结业后，1966年他进入了哥廷根大学夜校学习法律，圆了上大学的梦。

毕业之后，他当了律师。32岁时，他当上了汉诺威霍尔律师事务所的合伙人。回顾自己的经历，他说，每个人都要通过自己的勤奋努力，而不是通过父母的金钱来使自己接受教育。这对个人的成长至关重要。

通过对法律的研究，他对政治产生了兴趣。他积极参加政党的集会，最终加入了社会民主党。此后，他逐渐崭露头角、步步提升。1969年，他担任哥廷根地区的主席，1971年得到政界的肯定，1980年当选议员。1990年他当选为下萨克森州总理，并于1994年、1998年两次连任。政坛得志，没有使他放弃做联邦政治家的雄心。1998年10月，他走进了联邦德国总理府。

智慧感悟

梭罗说："你是否听说过这样的事：一个人以英勇的姿态、宽广的胸襟、真诚的信念和追求真理的决心行事处世，竟然没有任何收获？一个人穷尽毕生精力向着一个目标努力，竟然会一事无成？一个人始终有所期望、受到持久的激励，竟然无法使自己提升？难道这些努力会白费吗？"答案再明显不过，朋友，永葆一颗进取的心吧！